AF435878

La otra promesa

David Díaz Miranda

Ingeniero Agrónomo, egresado de la Universidad Central de Venezuela; realizó estudios de postgrado en las Universidades Inglesas de Reading (MSc) y Londres (PhD).

Profesor Titular de la Universidad de Los Andes (ULA), Venezuela, adscrito a la Facultad de Farmacia y Bioanálisis. Ha publicado trabajos de investigación en el área de las Ciencias Biológicas y Sociales. Ha ocupado importantes cargos de administración en la ULA, relacionados con la Formación de Personal Académico y desde hace varios años se ha dedicado al estudio del tema de la Formación de Recursos Humanos en la Universidad.

Actualmente es el Presidente de la Seccional de Profesores Jubilados de APULA y Representante de los Profesores Jubilados ante el Consejo Universitario de la ULA.

David
DÍAZ MIRANDA

La otra promesa

Para Mayel
mi fuente de inspiración

Para mis hijos y sobrinos
quienes viven su exilio obligado

Ya llegaba la noche, y el valle de Caracas se cubría de nubes que bajaban del Ávila, había sido un día de sol muy despejado y ardiente, de esos que queman la piel y nos obligan a buscar un poco de sombra. Comenzaba a oscurecer cuando Esther llegó a casa agitada y muy cansada, luego de todo un día de ausencia. Llegó al apartamento, se encontró conmigo, pues me tocó abrirle la puerta y, por cierto, era rara la ocasión que se establecía entre nosotros una conversación más o menos extensa e importante. Mi hija Esther es de esas muchachas que en su casa parecen y actúan como introvertidas, de poco hablar, pero en la calle con sus amigos es la persona más locuaz que alguien pueda imaginar. Con sus amigos es el centro de atracción de cualquier conversación.

Pero ese día, de manera sorprendente me saludó con mucho cariño y espontaneidad, pero me reiteró una pregunta que venía haciendo por más de una semana. Esther insistía en saber si yo, como profesor universitario, conocía a algún colega o técnico, que tuviese conocimiento sobre materiales refractarios que puedan ser utilizados en la fabricación de guantes, para protegerse del calor. En su momento no me explicaba que esos guantes, una vez hechos con material especial, eran para evitar que se le quemasen las manos, al recoger las bombas lacrimógenas que muy calientes, tenían que devolverlas contra la Guardia Nacional (GN), en los enfrentamientos que todos los días tenían, desde hacía semanas, con motivo de las protestas promovidas contra el gobierno. Lo que sí siempre le agregaba a su pedimento, era que ese material, además de refractario, debía ser lo suficientemente flexible para evitar que los guantes fuesen rígidos y permitieran el accionar normal de las manos. Su petición no tenía respuesta en el comercio, pues ella había preguntado por esos que venden en las distintas ferreterías. De hecho, había buscado y preguntado en varias sin éxito alguno, las que le mostraban no reunía sus requerimientos, muy difícil de llevar, y no servían a sus exigencias.

—Anda papá, dime que sí, yo estoy segura que conoces a mucha gente en la Universidad, tu sabes, de esos profesores expertos en química; pero eso sí, deben ser muy amigos tuyos.

—Bueno señorita, es hora de que le hables claro a tu padre y te dejas de ir por las ramas, Acaso crees que no me doy cuenta que sales tempranito con tus amiguitos de la cuadra y regresas tarde con una cara de cansancio y muerta de hambre. Tu madre y yo no hacemos más que preguntarnos: ¿en qué andará Esther, que todos los días sale y llega tarde y cansada? Ahora que no estás trabajando y pocas veces tienes clases en la Universidad. Nos reventamos la cabeza y no te vemos como el prototipo de persona que deba estar en esas protestas que se dan a diario en la ciudad. Nunca te has preocupado por la política, ni has tenido participación, como estudiante, en las organizaciones que se dan en tu universidad.

Una cosa curiosa, que si ha llamado la atención, tanto de tu madre, como la mía, es ver que en Caracas suceden constantes enfrentamientos de estudiantes contra guardias nacionales, policías y colectivos armados y Esther saliendo, como si nada está pasando. Ya las noticias hablan de varios muchachos muertos, heridos y muchos presos, pues les están disparando perdigones, lacrimógenas y hasta balas y ellos lanzando piedras, en una supuesta guerra, claro totalmente desigual. No me quiero ni imaginar que tus salidas y tu insistente pregunta tengan algo que ver con esos hechos.

Esther miró fijamente a su padre, se sintió regañada y se fue directamente al cuarto, sin decir una palabra. Había sido un mal día para ella y para todos los muchachos guerreros. Al final de la jornada de ese día eran varios los heridos y muchos los detenidos.

Al rato sonó el teléfono de la casa, era Andrés, uno de sus amigos de la cuadra, que vive en el edificio *La Colina*, diagonal con las residencias *San José*, donde vive la familia García, los padres de Esther. El joven preguntó por Esther, quien yacía totalmente dormida, seguramente extenuada, como lo delataba la cara de cansancio que mostró al llegar. Se estableció una pequeña conversación entre Andrés y yo.

—Señor Jesús, necesito hablar con Esther porque a Joel lo tienen en observación en el Hospital de El Llanito. Presentó una herida de bala en el pecho, y están pidiendo donantes de sangre.

Mi reacción no fue de rabia ni de desengaño, sino de asombro y cierta desesperación, pues esta llamada confirmaba la sospecha que tenía sobre las actividades que estaba realizando Esther y, seguro que Andrés tenía que saber.

—Aló, aló, escuche Andrés, yo necesito hablar con usted urgentemente, ¿puede ser ahora?

—Lo siento señor Jesús, a esta hora mis padres no me dejan ir a ninguna parte.

¿Qué tal mañana, bien temprano?

—Está bien, hablamos a las siete. ¿De acuerdo?

—Si claro.

Andrés es un joven de 23 años que vive en uno de los edificios cercanos, en la misma urbanización, estudia Ingeniería en la Universidad Central de Venezuela (UCV). Por su parte, Esther estudia Administración en la Universidad Católica Andrés Bello (UCAB). Supe además, que ambos se encuentran frecuentemente en la avenida, cuando bajan de sus hogares para tomar el Metro, camino a sus centros de estudio. Se conocen desde niños, pero ahora, convertidos en adultos, su relación era más estrecha y estaba sazonada con ideas compartidas sobre la situación política, económica y social que atraviesa el país. Era evidente que tenían una visión del mundo muy distinta a la de sus progenitores.

Lo que ambos padres no sabían es que además de estudiar, ellos también se habían unido a la protesta y formaban parte del liderazgo del grupo de manifestantes que todos los días, desde hacía semanas, se enfrentaban a los cuerpos de seguridad del Estado. En esas concentraciones y protestas se habían creado lazos de amistad y solidaridad entre jóvenes de los barrios, principalmente de Petare, y los de las urbanizaciones del este caraqueño. Se reconocían y se saludaban con mucho afecto. Allí confluían jóvenes, mayormente entre 18 y 30 años, provenientes de todos los estratos sociales existentes en la ciudad, se podía ver a los que venían del oeste, del Valle, de Caricuao y de la zona norte de Caracas, todos luchando por un mismo objetivo y se habían constituido en una especie de pequeño ejército, que diariamente se mantenían en contacto, mediante las redes sociales, y juntos enfrentaban a los cuerpos policiales y a civiles armados afectos al gobierno. Siempre se reunían en la Plaza Altamira. Compartían agua, escudos artesanales de cartón, latón o plástico, cascos de los que usan los motorizados y hasta una que otra empanada o arepa rellena. Habían creado, sin saberlo, un grupo fuerte de choque y grande en cuanto al número de participantes, pero sin armas de fuego, sus implementos de combate se limitaban al uso de piedras, morteros, botellas, cohetones y bombas molotovs, que fabricaban en el sitio de enfrentamiento con la policía y la GN.

A la mañana siguiente, muy temprano, esperé al joven Andrés en la entrada de nuestro edificio. Puntualmente el joven apareció.

—Hijo, pero si yo te conozco, tu eres el hijo de Andrés Martínez, un viejo conocido de la universidad, ¿él es economista verdad? Claro y conozco a Gina, tu mamá.

—Si por su puesto, y yo lo conozco a usted y a la señora María, lo que pasa es que usted posiblemente no se acuerda de las fiestas de cumpleaños de Esther, cuando ella estaba chiquita e invitaban a los niños que estudiábamos con ella, desde el pre-escolar hasta primaria, en el mismo colegio. A mi mamá y a mí, siempre nos invitaba la señora María a su casa. Partíamos la acostumbrada piñata y Esther siempre nos hacía lo mismo, al romperse la piñata y caer los caramelos, ella se sentaba sobre la misma, para agarrarlos todos. Los niños nos quejábamos, algunos salían llorando, pero la señora María siempre nos arreglaba a cada uno con su paquetico de dulces. Luego le cantábamos el cumpleaños y picaban la torta. Siempre fue así, creo que hasta que se hizo mujer, pero ahora, de adultos, hemos hecho una gran amistad. Pero siempre le echo vainas sobre ese punto y se ríe a carcajadas, la muy condenada.

—Bueno hijo, me alegra saber quién eres y conocer a tus padres, pero lo que quiero hablar contigo es muy serio y estoy seguro que sabes algo, se trata de nuestra preocupación por esas salidas cotidianas de Esther, y más aún, después de tu llamada de anoche nos sentimos más angustiados. Estamos enterados que no hay clases y queremos saber, entre otras cosas, si ustedes están saliendo juntos a participar de las protestas que se realizan en la ciudad, porque esa llamada tuya nos preocupó aún más. Ya hemos venido sospechando de esas salidas diarias de Esther y ese retorno, demacrada y muy cansada; fíjate que llega come, y directo a la cama. Ya tiene semanas en eso. Además, anoche me hizo una pregunta que me preocupó más, ¿Cómo es eso de los guantes, para agarrar objetos calientes? ¿Qué sabes de eso? Pero sin dudas lo que más nos preocupó fue tu llamada sobre ese joven herido. ¿Qué está pasando Andrés? Te agradezco sinceridad, estas son cosas muy serias.

—Señor Jesús, yo pienso que es mejor si hablamos los tres, pues siento que Esther se va a sentir traicionada por mí, si se entera que he hablado con usted sin que ella lo sepa. Los jóvenes de ahora no tenemos muchos secretos entre nosotros. ¿Le parece si planeamos una reunión los tres?

—Me parece bien, pongámonos de acuerdo.

—Bueno, usted me avisa señor Jesús.

Por mi mente venían e iban ideas, algunas veces sin respuestas, sobre cómo actuar ante tales circunstancias. Mi instinto paternal, el tener hija única, y saber que no existen razones para intentar cambiar la actitud de ambos jóvenes, generaban angustias y frustraciones que gravitaban en mi cabeza constantemente desde aquella pregunta delatora. Sé de sobra que ambos jóvenes vienen de familias de universitarios que antes pertenecían a la clase media. Criados en un ambiente que estuvo siempre impregnado de la discusión política de los grandes problemas presentes en el país, desde hacía tiempo, existía la posibilidad de haber creado en sus mentes un espíritu crítico y hasta militante ideológicamente. Sin embargo, el tema nunca llamó la atención a los jóvenes, de hecho daba la impresión que, en ese tiempo, les aburría y preferían hablar de cosas distintas, casi siempre muy banales.

Para mí, como para muchos venezolanos, con la llegada de la llamada revolución bolivariana, se han acrecentado los problemas del país. Quizás, ante ese deterioro de las condiciones de vida de nuestras familias, se ha despertado en ellos el carácter cuestionador, propio de los jóvenes que, unido a su arribo a la universidad, al entrar en contacto con otros jóvenes y gente madura, se pueda entender y, posiblemente llegar a comprender mejor el problema. Eso nos podría dar una explicación mayor a la activa participación de estos jóvenes en las protestas.

Yo vive en el piso 7, y al momento de despedirme de Andrés se fue la luz. El solo hecho de saber que debía subir tantas escaleras no me hacía mucha gracia, pero no tenía alternativa. Encendí un cigarrillo y esperé hasta terminarlo, finalmente, con fruición aspire la última bocanada de humo antes de emprender la subida. Solo miraba uno a uno los escalones que sorteaba. Extenuado por los 117 escaños y, quizás ahogado en el humo aspirado, al llegar a mi apartamento, me senté en la sala para recuperarme un poco, desde allí pude escuchar voces en la cocina. Al rato me di cuenta que era Esther quién, para mi sorpresa, se había despertado temprano y estaba hablando con su madre.

Ambas mujeres cuestionaban la situación del país; me pareció muy extraño, porque Esther nunca se preocupó por lo que sucedía en esta nación y su madre poco hablaba de estos temas. No quise interrumpir, pero resultó inevitable mi participación en la conversación, sobretodo porque al entrar a la cocina fui inmediatamente consultado e increpado sobre el tema.

Quise hacer un recuento histórico del problema, como docente de la materia del derecho y además, quería hablar como constitucionalista, materia que conozco como asesor de importantes bufetes de abogados en Caracas, pero inmediatamente fui interrumpido por Esther.

—Mira papá, todo ese cuento lo sabemos, que tu vienes de un barrio, que tuviste la oportunidad de estudiar, que luego fuiste becado por Fundayacucho, que estudiaste en París y Roma, y que gracias a tu ingreso, como profesor de la UCV, que además das clases en la Católica, pudiste comprar este apartamento y los carros que tenemos. Que te dabas el lujo de llevarnos a Disney y viajábamos todos los años de vacaciones, hasta visitamos a nuestros primos en Madrid y Barcelona, varias veces. Todo eso ya lo hemos escuchado mil veces, pero ahora eso es pasado, del verbo ya no es.

—Hija pero el pasado es padre del presente y abuelo del futuro. Además, es un error desestimar toda la parte legal del problema. ¿No crees tú?

—Es verdad papá, pero ustedes tendrán que responder a la historia por haber elegido a un encantador de serpientes como presidente de este país. Yo no tengo que dar explicación histórica, y menos buscar razones legales para entender nuestra desgracia, cuando todos sabemos que aquí las leyes no importan, yo nací en el año 1996, y no conozco otro sistema de gobierno que no sea este adefesio de socialismo del siglo XXI. ¿Tú crees que yo tengo las mismas esperanzas que tú tenías a mi edad? Escucha, ya hace tiempo se rompió el ascenso social producto del esfuerzo en mejorar tu nivel educativo.

—No conozco a ningún compañero de mi clase que no sienta frustración ni desesperanza por el porvenir, mi querido papá. En la escuela siempre, pero siempre me decían que éste era un país rico. Ahí comenzó la mentira, y en bachillerato los profesores se jactaban al decir lo mismo: "*Venezuela es uno de los países más ricos del mundo*". Con eso nos arreglaban. ¿Tú te imaginas tremenda paja loca?, solo comparable con los cuentos del correcaminos y el coyote.

Aún más —insistió Esther— Una cosa es que la señora conserje del edificio, por ejemplo, se gane un Kino y luego se compre una casa en la Lagunita,[1] se gaste la plata en pendejadas y al final tenga que vender la casa, para pagar deudas y deba volver a su rancho en el barrio de toda su vida. Ella nunca fue rica, tuvo dinero producto del azar, pero nunca construyó esa riqueza, eso no fue producto de su trabajo y esfuerzo. Claro, aquí nunca los gobiernos se

[1] La Lagunita es una urbanización exclusiva de Caracas, donde vive gente pudiente.

han empeñado en crear una ética del trabajo, que de verdad nos convierta en un país rico por voluntad propia y no por voluntad de Dios o del azar. Y hay algo peor, yo no sé si lo hemos heredado, pero aquí la corrupción es de lo más normal, al extremo que se aplaude al que roba los dineros de la nación, siempre se dice: *"¿fulano? ese es un águila, ese no es pendejo, apenas consiguió enchufarse en el gobierno y ya está rico"*. Eso se celebra y el corrupto se reconoce como un vivo, como un tipo que se las sabe todas, no como un vulgar delincuente, que realmente es lo que es. Se llega al extremo que algunos aspirantes a corruptos, pregonan, en un mal castellano por cierto: *"a mí que no me den, pero que me pongan donde haiga"*. Es decir, toda una cultura a favor de la corrupción. ¿Tú conoces algún corrupto preso? De lo que he aprendido es que nosotros usamos el tema como venganza política, como sucedió con Carlos Andrés, quien fue sacado de la presidencia, acusado de corrupto. Bueno, estoy segura que tú, como profesor universitario que sabes de eso, me puedes decir si es mentira que hemos estado viviendo del petróleo por más de un siglo. Dime si es mentira que nos sacamos un Kino y estos mal paríos que ahora están en el gobierno, se han robado todo lo que quedaba. Dime si no es verdad que siempre hemos vivido dependientes de ese solo producto para funcionar como país. Dime, quiero escucharte.

—Ya va, papi, antes de que me respondas, quiero decirte algo más, porque he oído a algunos oficialistas y hasta gente que se dice de oposición, que nos llaman ilusos; ¿ilusos nosotros?, iluso fue el pueblo que en ese momento votó por ese mamarracho, y que buscando quien pusiera orden aquí, ustedes entre ellos, que llevaron al poder a un militar que nunca trabajó, un militar mediocre, que solo quería jugar baseball y ahora, casi nada, de ser un desconocido militar, que solo pudo llegar a teniente coronel, pasó a administrar la hacienda pública del país, dime papá: ¿Qué podían esperar? Papi, tú sabes bien que los militares siempre se han sentido los dueños del poder en Venezuela, y cuando no tienen el poder, conspiran. Nuestra historia, desde que somos república, ha sido de golpes militares, y aún hay gente que siempre cree que esa es la solución a nuestros problemas.

—Perdona que no te deje hablar aún, pero fíjate papá, en la carrera que estoy cursando, recibimos clases de historia de Venezuela, dictadas por gente que sabe de eso;

nos dicen que todo el siglo XIX y gran parte del XX, fueron los militares quienes gobernaron al país. Algunos próceres de la independencia, desde Páez, pasaban por encima de las instituciones republicanas y buscaban el poder para sí, como si se tratase de una deuda por cobrar a la nación por los servicios prestados en la guerra. Siempre estuvo presente el golpe de estado en Venezuela y el poder militar nunca se ha querido sujetar al poder civil, como aconsejaba el mismo Libertador. ¿Tú sabes lo que es darle a un hombre armado el poder de decidir con su voto quien debe gobernar al país, al estado o al municipio? ¿Tú te imaginas tremendo error? Bueno, eso hizo ese señor, quién no solo los puso a votar, sino que se los llevó a ocupar cargos públicos, sin preparación alguna para ello, solo se dedicaron a robar. Y lo peor, después de la muerte del "comandante eterno", como dicen ellos, ahora nos toca tener que lidiar con este otro esperpento, ágrafo, y pa´ más ñapa. Ese tampoco sabe lo que es trabajar, porque en el Metro, que su trabajo era de chofer de autobús, se dedicó al sindicalismo, nunca trabajó. ¿Qué podíamos esperar?

Solo hay que ver este desastre en que han convertido al país esos sinvergüenzas.

En verdad me impresiono mucho los argumentos que utilizaba mi hija. No solo por la madurez como expresaba sus ideas, sino por su contenido y la certeza de sus palabras. Lejos, muy lejos quedaba el concepto que María y yo nos habíamos formado de ella, creyendo que no le preocupaban para nada los problemas del país. Pensé que no había sitio para muchas explicaciones históricas, ni jurídicas, porque me di cuenta, inmediatamente, que nuestra hija estaba al tanto de la situación del país. Si le reproché su conducta de incomunicación con sus padres. Sin embargo, solo pude recriminarle algunas fallas de acción que pensaba debía y tenía que decirle.

—Es cierto, hija, no tengo ninguna observación que hacer a tu análisis del país, pero opino, al igual que lo hace tu madre, que no hay razón para tu comportamiento, tan emotivo, lleno de rabia y de esas salidas cotidianas a hurtadillas, y sin dar explicación alguna; dime, si no nos preocupas a nosotros, ¿a quién más?

Al preguntarle al respecto, Esther aspiró todo el aire de la cocina, como queriendo agarrar más fuerzas de las debidas, pero fue contundente en su respuesta.

—Papá, entiendo la preocupación de ambos, pero no es cuestión de opiniones sobre mi comportamiento y mi estado de ánimo, sino de realidades y la realidad es que yo estoy luchando en las calles por salir de éste régimen, admito que con rabia ante tamaña injusticia, lo hago porque no veo un futuro de esperanzas para mí y todos los jóvenes de este país. Como tú, deseo tener mi familia, techo propio, vehículo, ganarme con mi esfuerzo lo que desee tener, no pido que me regalen nada, pido libertad, libertad para decidir mi propio futuro. Creo firmemente, como todos los jóvenes que estamos en esto, que mientras estos señores sigan en el poder, nosotros no tenemos ningún futuro. Si alguien lo duda, que visite Cuba o Corea del Norte. Por cierto, en estos días pude ver un video de una joven norcoreana, que me hizo llorar, es terrible lo que pueden hacer estos malhechores al tener el poder. Y con respecto a que me salgo a escondidas, bueno no creo prudente, sobre todo por mamá, que cada vez que debo salir a guerrear tenga que reunirme con ustedes y explicarles a lo que voy, no creo estar haciendo nada malo, al contrario, me sentiría muy mal al ver tantos jóvenes amigos, luchando por nuestra libertad, y yo solo observando por televisión lo que sucede, no papá, no me pidas que me quede tranquila ante este régimen, tú y mamá se lo podrán calar, quizás por la edad, o porque ya vivieron tiempos mejores, pero nosotros: ¿Qué oportunidad tenemos y qué futuro nos espera?

Jesús apagó el cigarrillo contra el cenicero e, igualmente tomando suficiente aire, en una profunda pero visible aspiración, pudo decirle,

—Hija también entiendo perfectamente ese análisis, pero debes comprender que, como padres, estamos muy preocupados, son muchas vidas de jóvenes expuestas a una masacre. Fíjate, mientras ustedes están partiéndose el lomo aquí en Caracas, el resto del país está tranquilo, como si nada estuviera pasando.

—Papá, eso no es cierto, tenemos contactos directos con jóvenes en otras regiones que están guerreando también. No estamos solos en esto, es todo un país, mayormente conformado por jóvenes, quienes hemos tomado estas acciones. En San Cristóbal por ejemplo, hay grupos que están dispuestos a todo, igual pasa en Mérida, Lara, Anzoátegui, Bolívar, entre otros estado del país. Esto ha sido como un despertar juvenil, como una explosión de muchachos que ya no queremos seguir viviendo bajo este yugo.

—Bueno hija, yo podría hasta aceptar que se den las protestas, e inclusive entender que participes en ellas como es tu deseo, pero, imagínate, ayer llamó Andrés, el vecino que vive en el edificio del frente, y me dijo que un amigo de ustedes, de nombre Joel, está en el hospital de El Llanito, requiriendo sangre para una intervención quirúrgica, su estado es delicado. Anoche fue imposible hablar con él, pero nos pusimos de acuerdo y lo hicimos esta mañana. Andrés sugirió que debíamos reunirnos contigo para discutir el tema. No se atrevió a hacerlo sin tu presencia. Antes que me respondas, debo decirte que me impresionó muy bien su reacción, de no discutir el tema en tu ausencia, pues de hacerlo, él sentiría como un acto de deslealtad hacia ti.

—Y más le vale, porque no se lo perdonaría nunca. Pero *vertiale* papá ¿porque no me dijiste temprano lo de Joel? Para que sepas, ese chamo es uno de los guerreros más valiosos que tenemos; su familia es de Petare, y él terminó bachillerato pero ya tiene tiempo buscando cupo en la universidad, y no ha podido continuar sus estudios por carecer de recursos económicos. Se ha ganado el cariño de todos y hemos compartido muchas horas en la plaza y la autopista, tragando humo de las bombas que lanzan los mal nacidos esos. Sé que muchos compañeros están dispuestos y van a donar sangre, pero yo quiero estar allí.

Papá, Joel se ha ganado el respeto de todos nosotros por su gran valentía y entrega a la causa, él fue capaz de ir hasta el frente de una manifestación, de tantas que hemos hecho, fue a hablar con los guardias, yo lo acompañé, y ¿sabes lo que le dijo a un oficial?

—Bueno, palabras más palabras menos, pues eso pasó al comienzo de las protestas, Joel le dijo al GN: *"Nosotros no tenemos miedo a morir, pero ustedes tienen miedo de desobedecer, y te puedo afirmar, delante de los ojos de mi madre, porque sé que es así; si ustedes se voltean y no le paran bolas a esos verdugos que los mandan, pana, nos van a tener a todos en las calles otra vez. Al lado de ustedes, todos los chamos que quieren guerrear, pelear por Venezuela y ser resistencia y libertad por este país, todos vamos a salir. Si ustedes dicen que los apoyemos, no los vamos a dejar morir y sabes por qué, porque a nosotros nos une una sola cosa y no les tenemos rencor a ustedes por todo lo que han hecho. Queremos una sola cosa, y es la libertad de Venezuela y si esa libertad pasa por unirnos a ustedes, tengan la seguridad de que los vamos a apoyar. Pero nosotros no podemos dar la orden, solo estamos a disposición, la orden la dan ustedes. Seguro va a llegar el día en que nosotros seremos mucho más que ustedes, miles en todo el país y no nos van a parar. Yo estoy dispuesto a morir por mis ideas, porque no voy a vivir de rodillas. Esa es la diferencia entre el miedo que ustedes tienen y las ganas de guerrear por esta patria que tenemos nosotros. La gente se está dando cuenta pana, la gente está pasando hambre y necesidades de todo tipo, y ustedes también, solo que los vivos los usan a ustedes para matarnos, herirnos y llevarnos presos, sólo porque no nos calamos esta vaina más. Pero te lo puedo jurar, por mi madre, que esta vaina va a tener un final, y no sé con cual cara y mentira le vas a salir a tus hijos, cuando te pregunten y reclamen todo esto que están haciendo contra nosotros. Yo no puedo llegar a los 40 años intacto y decir que no hice un coño por cambiar estas cosas en Venezuela. Me llena de orgullo esta capucha, aunque nos llamen delincuentes, porque sé que lucho por mis ideales de libertad, de proteger a los que no pueden salir a defenderse, de lo que estos verdaderos delincuentes están haciendo con nuestro país."*

Esther, sin vacilación, después de aquel relato increpó a su papá, como buscando apoyo y justificando su participación en las protestas.

—¿Qué te parece, papi? ¿Es que acaso ves alguna duda del compromiso que los jóvenes de este país tenemos de guerrear hasta el final?

Sin duda, en tono irónico pero solo con la pretensión en darle énfasis a sus palabras, le preguntó: Así, ¿o te lo explico más clarito?

—Papá, pero me veo en la obligación de decirte, y debo agregar que lo hecho por Joel, lo podíamos hacer a principios del mes de abril, hasta podíamos conversar con nuestros verdugos. ¿Pero ahora?, ahora es imposible, simplemente vienen con todo en contra de nosotros. Son tan dañados que tienen mujeres en la GN, especialistas solo en capturar a las chamas en las manifestaciones, y fíjate: las agarran por el pelo, las arrastran, les dan patadas, las someten en el suelo y le dan con el casco, sin piedad. Luego las montan en una moto, entre dos y comienza el calvario para esas pobres muchachas. No te quiero narrar lo que nos dicen esas chamas, todo lo que le hacen. Te quedarías mudo. Por eso es que optamos por estar siempre al lado de los chamos. Esas perras de la GN les tienen culillo a los muchachos y no se acercan cuando estamos con ellos. Aunque siempre agarran una que otra descuidada y solitaria, o la capturan en el camino a sus casas. Ahora ellos dispersan a como dé lugar las protestas tan pronto éstas comienzan, y a veces sin comenzar empiezan a lanzar lacrimógenas. En muchas ocasiones no tenemos más opción que tirarnos a a esa cloaca abierta que es el río Guaire, ¿te imaginas?, no sé si eso lo trasmiten los medios de comunicación. Por cierto, lo de mi pregunta inicial, es que nosotros devolvemos a los guardias las bombas lacrimógenas y muchas veces están tan calientes, que sentimos las manos arder, y se nos ponen amarillas al agarrarlas. Usamos algunos guantes de tela, pero es un enredo volverlas a tirar, esos guantes que usamos no nos sirven, las bombas se resbalan entre las manos.

—Bueno hija, y con todo lo que me estás contando, con eso de tener que correr y refugiarse hasta en el Guaire, por Dios, ¿tú quieres que tu madre y yo estemos tranquilos? Pienso que es necesario, urgente que nos reunamos con Andrés. ¿Qué me dices?

—Ok. Yo te aviso papá, ahora salimos para la plaza, ya los chamos están abajo esperando. Y Dios libre que le pase algo más grave a Joel, porque se pondrá bien ruda la situación.

—Hija, ten muchísimo cuidado, que Dios te proteja.

Tan pronto los jóvenes se fueron, llamé a su mamá, quien con lágrimas en los ojos, estaba atenta y escuchó toda la conversación entre Esther y yo. Era claro que no podía ocultar su mortificación, mostraba un nerviosismo inusual. Pude notar inmediatamente su tensión, le ofrecí café, pero ella lo rechazó. Discutimos el tema un rato hasta que resolvimos conversar con los Martínez, los padres de Andrés, ante el inminente peligro que corrían nuestros hijos.

Andrés Martínez es un profesor universitario de la generación de Jesús, pero egresado de la Facultad de Humanidades de la misma UCV, aparentemente sin militancia política en algún partido y, hasta donde yo sé, solo en su juventud fue simpatizante del Movimiento de Izquierda Revolucionario (MIR); un partido que surgió de una división de Acción Democrática (AD), y que arrastró a casi toda la juventud de ese partido y se convirtió en un grupo insurgente de izquierda que formó parte de las guerrillas de los años 60. Los líderes juveniles más importantes de AD se fueron con ese movimiento. En su momento, el MIR y el Partido Comunista de Venezuela (PCV) tuvieron mucho arraigo y liderazgo en la juventud universitaria. Sin embargo, esos partidos, como todos los que de ellos derivaron, no llegaron a conquistar las grandes masas de votantes en el país, y nunca alcanzaron a significar una amenaza real para los grandes partidos que se turnaban en el poder. Elecciones tras elecciones, la llamada izquierda nunca llegó a situarse en posición de tener posibilidad alguna de llegar a gobernar a Venezuela.

En su condición de universitario, Martínez se dedicó a la docencia y a la investigación, inclusive fue becado por la misma universidad, e hizo postgrado en USA, lo que le permitió alcanzar el máximo escalafón universitario, profesor titular. Quizás ese pasado izquierdoso, aunque lejano ya, influyó en su decisión de votar por Chávez la primera vez que este se lanzó como candidato, al igual que lo hicieron muchos venezolanos, pues su mensaje principal era dirigido a la lucha contra la corrupción y el mejoramiento de los servicios públicos; o tal vez se sentía como muchos, un poco cansado por las continuas quejas que se tenían de la democracia y la severa crítica que se hacía del sistema democrático en conjunto, del cual se hicieron eco los principales medios de comunicación social e importantes intelectuales del país. Lo cierto es que, en dicho ambiente, como muchos venezolanos, Andrés decidió votar por el militar.

Por mi parte yo era, lo que aquí llamamos, un hombre de derecha, muy crítico de la guerra de guerrillas de los años 60, pero nunca tuve militancia en partido alguno. Mi experiencia de vida me obligaba a meditar, siempre tratando de sacar mis propias conclusiones y en mi análisis recordaba que ciertamente se había creado en la opinión pública tal desprestigio de la democracia, al punto que un grupo de gente, muy influyente por cierto, fue capaz de poner en funcionamiento la totalidad del engranaje institucional de esa misma democracia para desmontarla.

Ciertamente existía un disgusto e incomodidad en la población venezolana que se manifestaba en varias protestas, una de ellas muy fuerte ocurrida 1989, y conocida como el *Caracazo*. Además, dos insurgencias militares, una ocurrida el 4 de febrero de 1992, y otra el 27 de noviembre del mismo año, ambas perfectamente previsibles hasta para el más superficial observador.

Siempre recuerdo que el presidente Carlos Andrés Pérez, en su segundo mandato, trató con mucha tenacidad pero con poco tino de iniciar una rectificación urgente de la política económica.

Un hecho que siempre me llamó la atención fue que en 1958 la izquierda y la derecha venezolana se unieron para derrocar a un dictador, y esa mismas fuerzas, en 1993, coincidieron en sacar a un presidente electo democráticamente. Aquel hombre, que había sido dos veces presidente de Venezuela, por aclamación popular, sin embargo, tuvo un final triste. Aún conservo frescas en mi mente las últimas palabras de aquel hombre que, sereno y aplomado, se dirigió a la nación, luego de conocer su enjuiciamiento y destitución como presidente: *"Quiera Dios que quienes han creado este conflicto absurdo no tengan motivos para arrepentirse"*

El país veía y escuchaba por todos los medios, cómo los analistas y líderes políticos coincidían que debían acabar con aquella democracia, ciertamente imperfecta pero mejorable, y así se unieron muchos factores y grupos de poder, llegando al extremo de justificar, en el propio Congreso en transmisión por televisión y radio ante todo un país, dicha acción militar. Así, los medios señalaban cómo se alinearon en esa tesis de justificar el golpe de estado destacados intelectuales, comerciantes, medios de comunicación, algunos políticos de los muy desgastados partidos de izquierda, y hasta un expresidente; todos, aupando a un hombre, sin duda carismático, pero según la opinión de analistas políticos, con escasa preparación intelectual, pero eso sí, astuto y embaucador.

De igual modo la radio y la televisión mostraban cómo la prisión del líder golpista en Yare, rápidamente se convirtió en un santuario, donde en continuo peregrinaje iban a rendirle culto un sinfín de venezolanos. Ahí gozaba de todos los privilegios de un "héroe"; buena comida, atención médica gratuita, entrevistas diarias y coberturas en todos los medios de comunicación, teléfonos celulares, asistencia legal gratuita, asesores de todo tipo, y visitas que se hacían interminables, al punto que se daba el lujo de aceptar o no atender a los visitantes.

Fracasados los dos golpes de Estado que se dieron contra la democracia ese mismo año de 1992, la mezcla de intereses encontrados se pusieron de acuerdo e hicieron todo lo posible para convencer a una mayoría de votantes, y lograr llevar al poder, mediante elecciones al preso de Yare. Para lograr tal objetivo, solicitaron un indulto a los que se habían alzado en armas. Este fue concedido precisamente por el expresidente, ya convertido en presidente de Venezuela por segunda vez, quién había justificado la acción del golpe militar ante el país en pleno Congreso, tema muy utilizado en su campaña electoral, en la cual irrumpió y enfrentó electoralmente al partido que había fundado en los años 40. De igual modo, con mucha habilidad se montó sobre la ola de las protestas y descontentos que se mostraban en el país.

Un poco antes de terminar el segundo período presidencial del Dr. Caldera, importantes líderes de la política venezolana, en ese entonces, inicialmente se inclinaron por la candidatura de una reina de belleza, quien había sido Alcalde del municipio Chacao, en el estado Miranda. Al poco tiempo la descartaron y, surgió, una vez más la idea de proponer a un militar, precisamente pensaron en quién había dirigido el golpe de estado contra la democracia en el año 1992. Se suponía que ese era el hombre que podría arreglar las cosas. Nuevamente se recurría a la búsqueda de una mano dura para dirigir los destinos de la nación, se buscaba al histórico gendarme necesario.

Los principales partidos de masas que se había turnado en el poder por 40 años, sucumbieron, y sus militantes emigraron hacia el nuevo líder militar, aupado ahora por la derecha y lo que quedaba de izquierda en Venezuela. En ese entonces la gran mayoría de los jóvenes guerreros del presente no habían nacido y muchos de ellos aún no saben lo que era vivir en democracia.

No podía apartar de mi mente ese pensamiento que me atormentaba y susurraba: *"parece que nuestra historia insiste en permanecer cíclica, en repetir y repetir el mismo guion, siempre buscando a un iluminado con uniforme para que nos gobierne, no hemos aprendido nada en casi 190 años de historia republicana"*. No dejaba de pensar que había surgido nuevamente la idea del gendarme necesario, en este caso se trataba de un militar que, según sus propias palabras, venía conspirando desde hacía años para dar un golpe de estado contra la democracia, lo cual hizo; solo que en su intento fracasó rotundamente, pero dejó a su paso un elevado número de muertos y heridos de los cuales nadie respondió ni ha respondido hasta el sol de hoy. Sin embargo su aparición por televisión tuvo un impacto relevante, pues no siempre en este país las personas asumen sus responsabilidades y él lo hizo, lo cual generó simpatías en un sector de la población que cada día fue creciendo.

Los Martínez acudieron al llamado que les hice a mi apartamento y se presentaron precisamente mientras veíamos por
televisión los enfrentamientos que se daban en la ciudad en
ese momento. Luego de los saludos acostumbrados, típicos
de los caraqueños, ambas familias se detuvieron a observar
un momento los hechos que eran transmitidos, de los cuales supuestamente tenían que hablar.

Desde el inicio, luego del café y las galleticas dulces,
los Martínez manifestaron su opinión sobre los acontecimientos vistos en televisión; sus palabras dejaban ver claramente que eran militantes del oficialismo, al punto que no
dudaron en condenar los hechos diciendo que esos eran
chicos burgueses pagados por el gobierno norteamericano
para desestabilizar la revolución bolivariana.

—Jesús, hasta delincuentes pagados hay allí en esos
disturbios, por eso se cubren con capuchas – insistía Andrés con un sesgo autoritario —Tú sabes bien que nosotros
salíamos a manifestar sin capucha, eran tiempos de ideales,

de verdaderas convicciones políticas y grandes líderes. Nadie nos pagaba, y todos acudíamos voluntariamente. Ahora no, se trata de una partida de delincuentes que desprecian los logros de la revolución, la mayoría son jóvenes riquitos de cuna tu sabes hijos de papá y mamá que no tienen nada que hacer y han tomado esa vaina como un hobby, aunque también hay malandros de los barrios metidos en eso, son de lo peor, que reciben su buena mesada por fomentar esos disturbios. Para nosotros, como dice el comandante, lo mejor es echarles gas del bueno y plan con esos desestabilizadores pagados por los yanquis. Para mí hay que darles duro, sin contemplación alguna, no merecen ningún tipo de consideración. Tu verás cómo se acaba la guachafita cuando se lleven a dos o tres por delante, te aseguro que hasta ahí llegan con su relajo.

Confieso que me era difícil apartar la mirada de mi mujer, pues María, con mirada pasmada y atónita, no dejaba de sorprenderse al escuchar aquellas palabras de Andrés, y reconfirmadas por Gina, su esposa, quién con un gesto permanente de aceptación, acentuaba con su cabeza cada palabra que su marido decía.

Inmediatamente me di cuenta que no podía abordar el tema de las protestas, como había previamente conversado con mi esposa María.

En la apertura de la conversación, Andrés me había dejado sin palabras, y no dejaba dudas de su posición política actual. Quizás por ser un hombre cauto, no podía mostrar abiertamente mi opinión sobre el tema; me veía obligado por tolerante y decente a mantener una actitud más neutral con los Martínez. Resultaba difícil para mí mostrar complacencia con la opinión de Andrés, pero tampoco podía evidenciar mi rechazo a la posición del vecino; más aún, desconociendo totalmente su participación en la política actual y el compromiso que podía tener Andrés con el gobierno, y mucho menos la relación que mantenía con su único hijo. Lo que sí nos quedó muy claro fue la incongruencia de lo dicho por Andrés y la actitud meridianamente clara y opuesta a esta versión que asumían tanto mi hija como el hijo de los Martínez sobre las protestas. Además, no conocía en detalles la opinión del hijo de Andrés y la relación con su padre. Lógicamente, resultaba obligante y necesario escuchar a todas las partes, antes de opinar.

Me mordía constantemente el labio inferior, quizás para evitar se me escapara alguna palabra no conveniente en ese momento. Me remontaba a pensar que en mis años de estudiante, en la escuela de historia, y en mi facultad de economía, precisamente, varios de mis más íntimos amigos se iban a la montaña, a incorporarse a un frente guerrillero, o se ausentaban de clases y actuaban en sus barrios como miembros de las llamadas unidades tácticas de combate, conocidas también como guerrillas urbanas. La mayoría de esos amigos nunca regresaron a la universidad, supe de algunos que lamentablemente murieron o resultaron heridos en combate. Si había algo en común con los jóvenes de ahora, era su valentía; pero aquellos obedecían a una línea partidista del PCV o del MIR, mientras que estos no respondían a un partido político en particular, su acción respondía más a la grave situación política, social y económica que ha vivido el país en los últimos años luego de la llegada al poder de "los revolucionarios". Luchar en las calles para cambiar las cosas los obligaba la gran incertidumbre que sentían por su futuro y las pocas posibilidades de una vida y un trabajo digno.

Consideré que tocar el tema con los Martínez no dejaba de ser un ejercicio inútil y tiempo perdido, pero aún más, sentía que era como traicionar a los jóvenes, a mi propia hija, más aún si había adquirido el compromiso de reunirme con ellos para discutir el caso. Afortunadamente no le había informado al colega Andrés sobre el tema a tratar en la invitación, y esta pasó como una clásica reunión de viejos conocidos. Rápidamente consideré que era propicio el momento para recordar viejas andanzas juveniles y mostrar un acercamiento como vecinos de la misma urbanización. De allí que la reunión de ser una invitación para tratar un tema de máxima importancia familiar se convirtió en una visita donde se tocaron temas muy distintos al planificado por mí y mi esposa, se habló del auge de la delincuencia, la inseguridad en la urbanización, el sueldo de los universitarios y el costo de la vida. Esos temas coparon toda la tarde y, por supuesto, todos esos males los justificaba Andrés, achacándoselos a lo que él llamaba escuálidos y náufragos de los gobiernos de la cuarta república, además, por su puesto, al acoso del imperio norteamericano, como prefería decir.

Después de varias horas los Martínez decidieron marcharse a su hogar y los acompañé hasta la planta baja, para poder abrirles el tramado de rejas que habían colocado para evitar robos e incursiones de los malandros buscando apartamentos vacíos. Luego de la despedida me resultaba evidente que la relación de Andrés con su hijo no debería ser muy clara en este tema.

Al anochecer miraba por el balcón esperando la llegada de los muchachos, quienes venían formando grupos de 5 o 6, y resultaba difícil ver sus rostros desde el séptimo piso, pero sus gestos eran de alegría, de haber culminado una batalla más. Finalmente, y sin sorprenderme mucho, pude ver como Andrés se despidió de Esther, frente a la entrada del edificio, con un beso y un abrazo, lo cual no dejaba duda alguna de la relación amorosa que mantenían. Esther tuvo que tomar las escaleras hasta el piso 7, pues los dos ascensores los habían desconectados porque los bajones de electricidad ya se habían cargado una tarjeta electrónica, cuyo precio era altísimo y los vecinos no tenían recursos para estar reparándolos constantemente. Llegó exhausta a su apartamento y entendí que no tenía ánimo para conversar. Ella paso directamente al baño se duchó para quitarse el aún penetrante y espeso olor a lacrimógenas, luego comió y se metió al cuarto, como todos los días desde hacía varias semanas. Le pasé un papelito invitándola para el otro día a una reunión con Andrés, solo anoté que dispusiera ella el día y la hora, porque yo no estaba asistiendo al trabajo y como permanecía en casa todo el tiempo podía disponer de cualquier momento para reunirme con los jóvenes. Esther aprovechó la mañana del domingo y muy temprano llamó por teléfono e invitó a Andrés a su apartamento para conversar con sus padres, esperando que acudieron a la cita sin temor alguno.

Eran las nueve y unos minutos de ese domingo asoleado y con un cielo azul, muy despejado. Ya las guacamayas habían estado en el balcón para ser alimentadas por María; era impresionante ver a esos pájaros de colores tan vivos, tan vistosos, propios de la selva tropical, acostumbrados a esta ciudad tan bulliciosa y caótica. Al escucharse el timbre del intercomunicador, rápidamente las guacamayas volaron. Era Andrés quien puntualmente venía a la cita. Esther bajo rápidamente a abrirle; al verse, se confundieron en un fuerte abrazo. Cuando llegaron al apartamento, María y yo lo recibimos con mucha cortesía, tratando de inspirar confianza en aquel joven inquieto y muy pálido, quizás por el susto que le producía tal encuentro. María le ofreció café y luego de varios comentarios sobre su origen, este pasó a ser el tema inicial de la conversación.

Andrés era el hijo único de los Martínez. Su madre Gina era de origen italiano y sus abuelos maternos habían regresado a Italia en el 2004. Gina había logrado obtener el pasaporte italiano y estaba haciendo los trámites para obtener el de su hijo Andrés, ya que su esposo se mostraba reacio a obtener ese documento y no tenía intenciones de solicitarlo. Los padres de Gina tenían muchos años en el país. Eran originarios de Pescara, Italia, habían llegado al país en los años 50 cuando Pérez Jiménez; exactamente tocaron el Puerto de La Guaira en enero de 1955. Ellos tenían un negocio de pizzas en Sabana Grande, pero lo cerraron porque ya no era rentable y la inseguridad les preocupaba constantemente. Además los años se les habían venido encima. Eso sí, nunca perdieron su fuerte acento italiano al hablar, comentaba Andrés.

Esther se sentó a su lado para darle confianza, y al principio en tono muy bajo y con excesiva timidez Andrés empezó a hablar.

—Bueno señor Jesús, estoy seguro que está enterado por Esther sobre lo que está pasando ahora en el país y de nuestra relación amorosa.

Ella, inmediatamente clavó los ojos en Andrés y con mucho disimulo le dio un pequeño codazo, para que este hablara más fuerte. Andrés aclaró su garganta y comenzó.

—Okey, como me informó Esther que había hablado con ustedes sobre las protestas, y quizás algo sobre nuestra relación, ella me invitó hoy para hablar del tema, lo cual les agradezco. Entiendo que invitaron a mis padres y ya Esther me ha contado algo del resultado de esa cita, de la cual estoy casi seguro que ya han sacado sus propias conclusiones. En esta oportunidad quiero que me permitan empezar por el asunto de las protestas.

—Claro hijo, para eso estamos aquí, con toda confianza puedes hablar, le insistí.

Ya con mayor seguridad sobre si, superando su temor inicial y apoyado por Esther y las palabras de confianza que le di, el joven inició su exposición.

—Seguro que usted señor Jesús, como profesor, sabe que tanto en la UCV como en la Universidad Católica existen grupos estudiantiles que vienen protestando desde hace tiempo. Estoy seguro que conoce de las protestas del 2004 y el 2014, y por qué surgieron. En el 2004 yo solo tenía diez años y en el 2014 estaba concentrado en culminar mis estudios, para irme del país. No me interesaba más nada. Ahora bien, no sé si Esther le ha contado, pero yo estoy casi finalizando mis estudios de ingeniería eléctrica, realmente me queda un semestre, que se ha hecho interminable. Nunca estuve interesado en la política, y no pertenezco a ningún partido político, pero ¿qué ha ocurrido? Voy al grano.

—En mi promoción comenzamos unos 120 estudiantes en el primer semestre, algunos han abandonado la carrera, otros emigraron, pero lo que más me duele y me obliga a participar en esta jornada, es que ya van siete muchachos, buenos estudiantes y tremendos panas, que han sufrido y están sufriendo el horror de este régimen; a José Luis, y Alberto, un par de chamitos, los mataron en las manifestaciones anteriores, apenas habían cumplido los 20. Los que mataron a mis compañeros son policías que usted los sigue viendo en la calle, sin ninguna acusación ni condena. Sus padres han ido a todos lados, hasta con fotografías de esos maleantes, reclamando justicia y nada. Yo creo que ya colgaron los guantes, se cansaron de tanto trajín y saben que no lograran nada mientras los tribunales estén politizados. Enrique está en la tumba[2] desde el 2014, usted sabe lo que es la tumba señor Jesús, ¿seguro lo sabe? ¿O por lo menos, ha oído hablar de ese terrible lugar? La madre de Enrique hasta ha hablado con el llamado Defensor del Pueblo y con el Fiscal General de la nación y nada, su muchacho acaba de cumplir 3 años en esa mazmorra, sin ver la luz del sol. Está tan desesperado que ha intentado quitarse la vida.

[2] La Tumba es un sótano ubicado cinco pisos bajo tierra del edificio que funciona como sede principal del Servicio Bolivariano de Inteligencia Nacional (SEBIN) en Plaza Venezuela donde los detenidos son sometidos a aislamiento prolongado sin contacto con otras personas y no tienen acceso a la luz del sol o al aire libre.

Andrés continuó narrando todo esa arremetida que el régimen, como él lo llama, ha desatado contra los que se atreven a protestar. Sus ojos se aguaban y se le hacía un nudo en la garganta cada vez que mencionaba el nombre de sus compañeros.

—A Roberto lo tienen en El Helicoide junto a Laura, mientras que a Raúl y Samuel están en Ramo Verde. El único delito de mis compañeros ha sido, manifestar en contra de los abusos de estos sinvergüenzas. Pero hay más, conocemos que, no menos de 40 compañeros de clase, se vieron en la necesidad de emigrar, ellos están en el extranjero, repartidos entre Colombia, Ecuador, Perú Chile, Argentina, USA y Europa. Siempre mantenemos contacto por las redes.

—Nosotros sabemos las penurias que pasan nuestros hermanos cuando deciden emigrar. No es solo el papeleo que aquí se ha convertido en una verdadera pesadilla, es el viaje lo más horrendo que usted se pueda imaginar.

Quizá sea mejor que usted se entreviste con Arturo. Yo preferiría que sea ese compañero quién le cuente su propia experiencia. Él, después de haber experimentado esa penuria, conocer y vivir en detalles lo que sufren nuestros hermanos migrantes, resolvió regresar a pelear en nuestras calles. Claro, le dio vaina dejar a sus viejos solos y menos en las condiciones actuales, porque los abuelos en verdad no tienen a mas nadie que los cuide; sus otros tres medio hermanos están en el exterior y ellos ayudan a los viejos por lo menos.

Los abuelos paternos de Arturo han sufrido una serie de percances de salud que prácticamente obligaron al joven a regresar; su abuelo sufrió un infarto y su abuela tiene artritis reumatoide, una enfermedad autoinmune, progresiva, incapacitante y prolongada, que causa inflamación, hinchazón y dolor en y alrededor de las articulaciones y en otros órganos del cuerpo. La abuela está discapacitada y depende totalmente de su esposo para todo. Ellos se mantienen gracias a los envíos de dinero que le hacen los otros hermanos de Arturo que viven en el exterior. Una situación terrible, además Arturo es el único nieto soltero y, lógicamente, se vio sin alternativas y obligado a regresar. Arturo pudo llegar hasta Cali, Colombia.

—Creo que es importante que usted hable con él —insistió Andrés.

—Me parece bien —acotó Jesús— si tú arreglas una cita, yo no tengo problemas

—Está bien, yo le aviso —dijo Andrés.

Andrés continuó con su relato, aunque viendo la hora notaba que le faltaría tiempo para explicar todo lo que quería expresar, pues se aproximaba el almuerzo y él había salido con la excusa de hacer un mandado. Sin embargo, decidió continuar.

—Fíjese señor Jesús, el próximo año si Dios quiere me gradúo de ingeniero eléctrico, y mi mayor angustia es cuando me pregunto ¿dónde podré conseguir trabajo? Sabiendo que este es un país cuyo sistema eléctrico está en el suelo, y los sueldos que ofrecen son de hambre, ni hablar sí se piensa en el trabajo particular; aquí no hay construcción de ningún tipo, todo parece estar paralizado. Como usted comprenderá, no tengo posibilidades de tener un trabajo que me permita vivir decentemente. Ni pensar en formar una familia como pudo hacerlo usted. ¿Cómo podría alguien en mi situación darse el lujo de quedarse sin hacer nada? Más adelante les cuento las discusiones que he tenido con mis padres sobre este tema, al punto que he pensado irme de la casa, ¿pero a dónde ir? Si no tengo nada, sin dinero y trabajo ¿cómo me mudo? Ese es otro drama que vivo, pero como le dije, ya le contaré.

—Me gustaría escuchar esa última parte —le manifesté.

—No se preocupe, pronto trataré ese tema, pero permítame continuar con lo que empecé.

—Claro hijo, continúa.

—Siguiendo con el tema, debo decirle y usted lo sabe, que aquí se ha protestado mucho, ha habido incontables marchas multitudinarias, guarimbas, se han instalados campamentos en muchas ciudades del país, y en todas esa acciones han sido los jóvenes los que mayormente han puesto el pellejo, los muertos, heridos y presos. Inclusive, sé que derrocaron por muy poco tiempo, al dictador, que hubo una *mansa* marcha que se dirigió a Miraflores, con varios muertos y heridos, pero yo apenas era un niño de 8 años cuando todo eso sucedió.

—Como puede ver, tengo sobradas razones para protestar. Yo quisiera continuar, pero se ha hecho muy tarde y debo volver. No quiero más regaños, seguro ya me estarán preparando un sermón.

Ok. Nos vemos mañana, dijo Jesús —Queda pendiente mi análisis.

La noche la pasé pensando en mis muchachos, como empezaba a llamarlos. De mi mente no se apartaba la idea que tarde o temprano me podía llegar una mala noticia, pero nada podía hacer por contenerlos, los veía tan convencidos de su acción que me sentía impotente e incapaz de persuadirlos para que desistieran de su accionar.

Al día siguiente, en la tarde, luego del cotidiano trajín, los jóvenes volvieron para reunirse en mí casa. Esta vez me tocaba iniciar la conversación.

Yo comprendo la posición de ustedes, y estoy casi seguro que actuaría igual, de estar en las mismas circunstancias en la cual les ha tocado vivir su juventud. Pero es mi deber como padre y docente universitario en la materia ponerlos al día, aunque sé que saben mucho al respecto, sobretodo la manera como se fue fraguando todo este problema y las consecuencias del mismo hasta el presente. Por eso solicito su atención. Procuraré no aburrirlos con tanta explicación jurídica, pero eso es lo que enseño y, como ustedes saben, lo legal siempre va unido a lo político. Pero además, es necesario que manejen estos conocimientos para la discusión con los grupos y jóvenes amigos.

Para no hacer muy extensa la explicación voy a retroceder pocos años, cuando ya ustedes tenían uso de razón, como decimos los adultos. Realmente la inconformidad vivida en el país ha exacerbado los ánimos y las protestas no se han hecho esperar.

Tomé unas viejas notas de periódicos y las leí para meter a los muchachos en la escena nacional.

El año 2014 fue verdaderamente de agitación violenta; en mayo el presidente ordenó al entonces Ministro de Interior, Justicia y Paz, desalojar los espacios ocupados por los campamentos de Caracas, donde se realizaban las protestas. Ese día durante la madrugada se realizó un operativo en el cual intervinieron efectivos de la Policía Nacional Bolivariana (PNB) y Guardia Nacional Bolivariana (GNB), retirando las carpas de la zona. Detuvieron a 243 personas, en menos de 24 horas; por supuesto, la gran mayoría eran jóvenes, estudiantes y menores de 30 años, cifras dadas por el mismo gobierno.

El 2015, fue un año tan intenso como el anterior la oposición se paseó por varios escenarios y decidió participar unida, en una convocatoria a elecciones parlamentarias a finales de año. Realmente había unidad. Esta se reflejó al participar con una sola tarjeta electoral. Era la famosa manita "abajo y a la izquierda", como decían en la propaganda.

El 6 de diciembre de 2015 los venezolanos concurrimos a elecciones legislativas y la oposición logró un triunfo apoteósico, al obtener una mayoría aplastante en la Asamblea Nacional (AN). Era la primera vez en 17 años que algo así sucedía. Algunos analistas políticos consideraban que para la oposición se abría una esperanza de cambio importante, con posibilidades de acceso al poder político. Los resultados anunciados por el Consejo Nacional Electoral (CNE) daban 112 diputados para la oposición y 55 para el oficialismo. De los 112 de la oposición, tres correspondían a la representación indígena. Esos resultados obtenidos por la oposición, correspondía al 67 % de los miembros del parlamento, conformándose así una mayoría calificada que, constitucionalmente, le otorgaba a la oposición las más amplias competencias legislativas y de control.

La nueva realidad política sorprendió a tirios y troyanos; el gobierno no esperaba esos resultados que representaban una derrota electoral de proporciones incalculables; tampoco la oposición podía creer que el descontento de la población contra el gobierno llegase a alcanzar las mencionadas cifras.

Debo decirles que, en un sistema democrático, los cambios políticos ocurren con normalidad sin ningún tipo de trauma. De hecho, ya había sucedido en Venezuela, durante el segundo período presidencial del Dr. Rafael Caldera, cuando teniendo un Congreso en contra y ante una controversia importante, se respetó la Constitución, y hubo entendimiento entre las fuerzas políticas confrontadas, bajo la vigilancia y control de un Poder Judicial, que en ese momento era genuinamente independiente de los demás poderes del Estado.

Recuerdo que en varios foros y encuentros que se dieron en las universidades y otros escenarios, los análisis de algunos expertos indicaban que, en esa oportunidad, estando en presencia de un ejecutivo con notorias indicaciones de autoritarismo, y que además se había mantenido en el poder por casi dos décadas, no era de esperar que admitiera ser controlado por un poder independiente, producto de la voluntad popular, como es la AN. Esas palabras quedaron grabadas en mi mente. Ante esta situación no podía sorprender a nadie que un gobierno de tendencia militarista, propiciara una crisis política de dimensiones incalculables, difícil de resolver por la vía constitucional.

Insistí en mostrarles a los muchachos que las noticias sobre el tema de la reacción del gobierno después de la elección parlamentaria copaban las noticias en medios de comunicación nacionales y extranjeros.

Según la agencia de noticias Reuters, inmediatamente el gobierno puso en marcha un plan efectivo para neutralizar judicialmente cualquier acción parlamentaria que la nueva conformación del parlamento pudiera tener, en el control del poder nacional.

Esa misma semana, luego de conocer los resultados de las elecciones legislativas, en reunión del partido de gobierno se discutía.

—*"Bueno señores, hay que estar pilas"*, decía Luzbeldado Rendón, uno de los líderes más importantes del PSUV, y continuaba: *"Los días que nos quedan como poder legislativo no son de descanso, ya sabemos lo que tenemos que hacer y el tiempo apremia. Estos pitiyanquis no vienen a jugar*

Como ustedes pueden ver, los hechos evidenciaban que al perder las elecciones parlamentarias a principios de diciembre, el oficialismo apuró en la aprobación de leyes, presupuestos adicionales para ministerios y nombramiento de funcionarios, antes de que el 5 de enero asumiera la nueva Asamblea dominada por la oposición. Lo anterior no parecía suficiente y resultaba lógico pensar que vendrían otras decisiones.

La semana después de la elección, la mayoría oficialista de la AN saliente, convocó una serie de sesiones extraordinarias para nombrar a 13 nuevos magistrados del Tribunal Supremo de Justicia (TSJ). La oposición, como era de esperar, boicoteó las sesiones y criticó la acción como un intento del oficialismo de asegurarse el control del poder judicial.

Los políticos opositores sostenían que los 32 nuevos magistrados del Tribunal Supremo de Justicia (TSJ), cuyo período se vencía en diciembre de 2016, fueron obligados a renunciar para que la Asamblea recién electa, no nombrara los nuevos jueces. Además el plazo para impugnar las postulaciones se había cerrado y, según los opositores, se debió seguir un proceso de evaluación que tomaría hasta enero, por lo que no se debió designar los cargos con antelación.

El 23 de diciembre de 2015 quedó oficializado en la Gaceta Oficial Nro. 40.816 la designación de los magistrados principales y suplentes del TSJ.

Como jurista sostenía y les explicaba que el nombramiento apresurado de 13 magistrados del Tribunal Supremo de Justicia, por parte de una AN a la que le faltaban muy pocos días para culminar su período, sin oír a la oposición y en plenas vacaciones judiciales, presagiaba una radical confrontación de todos los Poderes del Estado contra el Poder Legislativo recién electo ese 6 de diciembre de 2015.

Esta decisión, en víspera de navidad, confirmaba lo que he sostenido. Pienso indubitablemente que se usaron argucias legales que permitieran al oficialismo hacer las designaciones, con mayoría simple. Algo inaudito y sin precedentes en nuestra legislación.

Resultaba muy claro que el gobierno sabía muy bien lo que estaba en juego y, por su puesto, conocía las funciones de los nuevos magistrados. Entre otras, declarar si existía mérito para el enjuiciamiento del presidente, vicepresidente, ministros, diputados, diplomáticos y demás funcionarios.

Los noticieros, sobre todo los extranjeros, daban información sobre lo grave de la actuación que había originado la antigua AN y la manera como procedió al nombramiento de los magistrados violando flagrantemente la Ley Orgánica del Tribunal Supremo de Justicia. Así, al constatar por diferentes medios los nombres de los nuevos magistrados, era evidente que varios no cumplían con los requisitos exigidos por ley.

Es importante que ustedes sepan de la designación, fuera de todo contexto legal, de Macrobio Finol, un político muy sagaz que había sido miembro de la Asamblea Nacional Constituyente (ANC) de 1999, en la lista del gobierno; recibió el título de abogado en el año 2006, y obtuvo una maestría en derecho político en la Universidad del Zulia. Además, fue diputado de la AN por los partidos Movimiento Quinta República (MVR) y Partido Socialista Unido de Venezuela (PSUV) durante los períodos 2000-2005 y 2006-2010, respectivamente. Y para que no queden dudas de su filiación política, venía de desempeñarse como viceministro para Europa del Ministerio de Relaciones Exteriores y durante las elecciones parlamentarias del 6 de diciembre de 2015, había sido candidato voto lista del Gran Polo Patriótico por el estado Zulia, resultando perdedor. Macrobio nunca logró superar el reconcomio que le produjo el rechazo popular, y su designación al TSJ, además de ser una ficha visible del Poder Ejecutivo, era su venganza política. De tal manera que el abogado en cuestión no cumplió jamás con el requisito del tiempo de graduación de 15 años, escasamente tenía 9 años de graduado, violando así artículos expresos de la Constitución de le República Bolivariana de Venezuela (CRBV); además, al haber ocupado cargos políticos en el Ejecutivo, dada su condición de militante del partido de gobierno, no podía aspirar a tal designación, pues su imparcialidad estaba realmente cuestionada, al igual que varios designados, cuyos nombramientos constituyeron una flagrante violación a la Ley Orgánica del Tribunal Supremo de Justicia de Venezuela. Toda una bellaquería, a mi entender.

Si lo anterior, a tenor de lo expresado por los medios de comunicación social, constituía un hecho oprobioso, de igual modo reseñaban como bochornosa, la designación de Cristiano Zuleta, quien siendo diputado del PSUV por el estado Trujillo, en la misma sesión votó a favor de su designación como magistrado del TSJ. Algo verdaderamente inaudito.

Esta decisión de la AN saliente va a tener una gran significación en el quehacer político de la nación por muchos años y, como veremos luego, resultaba inevitable que traería graves consecuencias en la estabilidad y la paz de la nación.

La información dada por el diario El Nacional, en su emisión del mismo día señaló que la Sala Electoral del TSJ, el
día de navidad de 2015, admitió un recurso de impugnación
de los resultados electorales presentado por el oficialismo,
y anuló la proclamación de la cual habían sido objeto la
representación política de Amazonas y la Región Indígena
Sur de dicha entidad, que también abarca al estado Apure.
Aquí se le empezó a ver la costura a la pelota, como dice
un refrán muy criollo.

—¡Dios, pero eso no puede ser!, exclamó Esther. Esos
vagabundos hasta en navidad usted los puede ver maqui-
nando para jorobarnos la paciencia. Y todo por quitarse, a
toda costa, esa mayoría aplastante que había obtenido la
oposición en las elecciones parlamentarias.

Para que ustedes sepan, la suspensión de los diputados del estado Amazonas y la región indígena en el sur del
país, fue ordenada por la Sala Electoral como una medida
cautelar mientras se investigaban presuntas irregularidades

en las elecciones parlamentarias celebradas en ese entonces. El 30 de diciembre 2015, en Sentencia 260, la Sala Electoral suspendió las proclamaciones de cuatro diputados del estado Amazonas, de los cuales tres correspondían al bloque de la Mesa de la Unidad Democrática (MUD) y uno del PSUV. A pocos días de instalarse la nueva AN. Todo bien premeditado y calculado.

—Un día antes de año nuevo, ¡Qué barbaridad! Para hacer sus maldades, ni vacaciones toman —dijo Esther.

Yo sabía que esta medida implicaba desconocer una situación jurídica ya creada a causa de la elección y proclamación. Que además, como sostenían varios juristas, no podía ser revertida mediante un amparo cautelar, pues la condición de diputado se adquiere con la proclamación, como señala la Constitución.

No había dudas sobre la urgencia que tenía el gobierno de no permitir la instalación de la nueva AN, con la mayoría que había obtenido en la elecciones parlamentarias.

Como comprenderán, era claro que la medida tomada por el TSJ impedía hacer efectiva la mayoría calificada de dos tercios que la oposición logró en la AN, de 112 diputados.

La MUD denunció ese acto en ese entonces como un supuesto "golpe judicial". El oficialismo, por su parte, aseguraba que la medida era legal y que correspondía a hechos concretos e irregulares observados durante las elecciones parlamentarias. Así, en lugar de los 167 diputados que debían conformar el parlamento, en enero de 2016 asumieron un total 163 diputados: 109 de la MUD y 54 del PSUV.

Desde un principio pude captar, por lo evidente que era, la imposibilidad de cohabitación política entre el régimen y la nueva AN. Para mí y muchos de mis colegas no había dudas de que este hecho con toda seguridad tendría una gran significación en el quehacer político de la nación y, como se vaticinó, traería graves consecuencias en la estabilidad y la paz de la nación.

Resultaba inocultable que el Ejecutivo había utilizado al Poder Judicial abiertamente bajo su control para crear con sus sentencias un cerco alrededor de la nueva AN, desconociendo su legítima conformación, sus competencias legislativas, sus potestades de control sobre los demás poderes públicos y, quizás lo más grave, habilitaba al Poder Ejecutivo para legislar.

Sin embargo, el TSJ declaró que el foro legislativo estaba en desacato por mantener en la cámara a los diputados en cuestión, y advirtió que las decisiones dictadas por la nueva AN serían declaradas nulas. A partir de ese momento, la máxima corte del país bloqueó y declaró inconstitucional la mayoría de las decisiones de la AN.

La Sala Constitucional convalidó las decisiones de la Sala Electoral TSJ sobre los diputados del estado Amazonas. Al igual que aprobó a finales del mes de enero el Decreto de Emergencia Económica presentado por el Presidente Maduro.

Tanto la junta directiva de la AN, como los diputados suspendidos acudieron al TSJ para oponerse a la medida cautelar en su contra, sin obtener respuesta alguna. Se esperaba, por lo menos, una repetición de elecciones en el estado Amazonas, pero tampoco se hizo.

El 1 de diciembre de 2016 el TSJ difirió la fijación de la audiencia que ponía fin al trámite procesal y daba lugar a la emisión de la sentencia definitiva. Era evidente, como se había analizado, que toda esta acción tenía la finalidad de despojar a la oposición de la mayoría calificada de las dos terceras partes de los integrantes de la AN, constituyéndose así, una violación flagrante de la CRBV. De esta manera se conformó uno de los episodios de mayor arbitrariedad en nuestra historia republicana.

Indudablemente estamos en presencia de una gran arbitrariedad contra los pueblos indígenas y demás electores de Amazonas y el sur del país; sin embargo, considero que el crimen mayor se había cometido contra la AN al declararla en desacato, pues ello implicaba la invalidez de todos sus actos y el despojo de las atribuciones que la Carta Magna le otorga como poder originario y legítimamente constituido.

—Como usted dice, ¡toda una arbitrariedad!, exclamo Andrés, quien permanecía perplejo ante tanta información dada por Jesús.

Quiero que vean la gran hipocresía de la Sala Constitucional que, sin dejar de proclamar su fidelidad a la Constitución y negando cometer alguna usurpación, se apoderó del poder constituyente del pueblo, sin vergüenza alguna, impidiendo a la AN ejercer sus competencias constitucionales en evidente violación de la Constitución. Eso es algo inconcebible para quienes hemos estudiado leyes. Aún no puedo explicar a ustedes la falta de una respuesta contundente por parte de la AN. Para mí, ese era un momento oportuno para que la nueva AN, amparada en la Constitución, y con todo el apoyo que había recibido, le plantara cara al Ejecutivo. Ahí, pienso que la oposición mostró una debilidad increíble. Sobre todo sabiéndose poseedora de un poder legítimo, otorgado por un pueblo soberano, y conociendo que los órganos del Estado emanan de esa soberanía y a ellos deben estar sometidos, como reza el artículo 5 de nuestra Carta Magna.

Fíjense que la oposición, no obstante de constituir una aplastante mayoría en el parlamento, su poder fue arbitrariamente conculcado por otros dos poderes, el Ejecutivo y el Judicial, sobre todo este último, cuyo origen resultaba muy cuestionado. Eso debió enfrentarse, con todo rigor, tan pronto se supo del golpe dado a la Constitución, pues no solo la ley de leyes se había violado, sino que en ese momento, la AN gozaba del máximo apoyo popular.

—Sin duda ahí fue cuando empezó Cristo a padecer, con razón no hemos avanzado nada, y eso que la gente se jacta de decir que tenemos el control de la AN, pura paja, jarrones chinos diría la abuela, expresó Esther.

Seguramente ustedes recuerdan que los partidos que conformaban la Mesa de Unidad Democrática (MUD), ante este sombrío panorama, en vez de dar primero la pelea legal contra el poder legislativo, en apego a la ley, para restituir el hilo constitucional, se dedicaron a debatir sobre la manera constitucional de poner término al Ejecutivo Nacional. Así las cosas; pasaron a un segundo plano las tropelías cometidas por el legislativo al conocer los resultados electorales.

—Craso error, apunto Andrés.

Era evidente que el debate en la nueva AN, así como en toda la sociedad democrática, gravitó entorno a encontrar la fórmula constitucional más adecuada para resolver esta confrontación entre los poderes públicos. La oposición democrática anunció la necesidad imperiosa de un cambio de gobierno en los meses venideros basándose en que la Constitución ofrecía varias posibilidades, entre las cuales señalaba: 1. Revocar el mandato al Presidente de la República; 2. Aprobar una enmienda o una reforma constitucional que contemple un mecanismo que permita el cambio de gobierno; 3. Convocar una Asamblea Nacional Constituyente para que asuma el poder político; 4. Provocar la renuncia o destituir del cargo al actual Presidente; 5. Proceder a una recomposición de los integrantes del Tribunal Supremo de Justicia; 6. La composición de otras fórmulas político constitucionales. Todas discutibles.

Como ustedes comprenderán, algunas se presentaban con mayor viabilidad, dada la dependencia y asociación existente entre el poder ejecutivo y el judicial, lo que realmente dificultaría cualquier opción, por deseable que fuese para la oposición.

Para algunos opositores lo procedente era una enmienda constitucional, otros alegaban que era una reforma constitucional, otros proponían una AN constituyente y otro grupo se pronunciaba en favor de un referendo revocatorio. La discusión fue decantando alternativas hasta plantearse prácticamente la escogencia entre dos posiciones: la de aquellos que defendían la enmienda y la de quienes preferían el revocatorio. La MUD prometió ejercer solo una, lo que ellos llamaron, una hoja de ruta.

El país entero parecía estar envuelto en la discusión sobre lo más conveniente en ese momento.

Era inminente que el presidente, de realizarse el referéndum, perdería por amplio margen, no solo por la apabullante victoria de la oposición en las elecciones parlamentarias, sino debido a la extrema crisis económica que atravesaba el país. Casi todos los pronósticos de las principales encuestadoras daban un 80% en favor de la revocatoria del mandato del presidente. Sin embargo, el gobierno tenía en sus manos un amplio margen de posibilidades para enfrentar esa situación. Quizás su mayor ventaja radicaba en que la MUD se confiara, al extremo de creer que el gobierno se quedaría de brazos cruzados y esperara pacientemente que la mayoría parlamentaria actuara en su contra sin inconvenientes.

Era tanta la certidumbre que existía en la MUD, que el propio presidente de la AN anunció públicamente en evidente señal de triunfalismo, que en seis meses se presentarían los instrumentos para reemplazar al gobierno: Una de las promesas incumplidas. No se asomó ninguna intención de discutir el grave tema de la crisis económica presente en el país, ni se hicieron contactos oficiales para llegar a consensos con el gobierno, en ese sentido. Se limitaron en buscar una vía rápida para tomar el poder en general, obviando temas de urgencia nacional. Parecía que se actuaba más por venganza política que por asumir las responsabilidades que le competen a la AN. Algo que sorprendía a todos, más aún porque era la acción de actores políticos de la oposición, con probada experiencia.

A medida que pasaba el tiempo los noticieros que cubrían la fuente política, señalaban que la discusión dentro de la MUD, para definir el mecanismo para cambiar de gobierno, subía de tono. Se esperaba una reunión en la que podría definirse la vía que debía transitar la oposición. Fuentes de la llamada Unidad indicaron que la enmienda constitucional era la que aglutinaba mayor consenso. Algunos de los promotores de esta vía señalaban que la piedra de tranca era Primero Justicia (PJ).

En la tolda amarilla (PJ) en cambio aseveraban que la vía de la enmienda sería desactivada por el TSJ y acusaban al partido Acción Democrática (AD) de promoverla con la finalidad de darle protagonismo al presidente de la AN, para ese entonces. "La enmienda pasa por la Asamblea", recordaba la fuente. Lo cierto es que ya, en ese entonces parecían surgir las figuras, como posibles presidenciables en la alianza, según la fuente informativa.

Por su parte, el partido de oposición la Causa R emplazó a la MUD a pronunciarse con prontitud sobre el mecanismo seleccionado y reiteraron su apoyo a la enmienda. *"Ésta puede aprobarse con mayoría simple y se aplica en el periodo en curso"*, señaló el secretario general del partido. Así mismo, el dirigente aseveró que el TSJ podía sentenciar tanto contra la enmienda como el revocatorio, mecanismo al que consideró como el menos idóneo. *"Si recogemos firmas no será por el revocatorio sino por la AN Constituyente porque se requiere menos firmas para ello, se activa más rápido y se resetean todos los poderes"*, señaló, descartando de plano la vía propuesta por el gobernador de Miranda. *"El revocatorio es el escenario más peligroso por eso es que lo promueve Maduro"*, señaló la dirigencia de la Causa R.

Aunque el secretario ejecutivo de la MUD, del momento, indicó que para esa semana se tendría definido el mecanismo, esto dependería de la reunión que sostendrían los partidos de oposición. El gobernador del Estado Miranda, por su parte, insistió en que se pueden activar paralelamente, la enmienda y el referéndum. "Un mecanismo no excluye al otro, pero ante las decisiones del TSJ, no podemos dejar que la solución pase a las manos de los magistrados. A todas luces, dijo, sabemos qué va pasar con la enmienda, en cambio el revocatorio no pasa por el TSJ, es el pueblo el que convoca y el que revoca. La Constitución nos permite que recojamos las firmas, que vayamos al revocatorio y tomemos una decisión".

Todas éstas eran discusiones públicas que, como ustedes comprenderán, enrarecían el ambiente. Finalmente decidieron promover en Referendo Revocatorio.

—Creo que debemos dejar el cuento hasta aquí, por hoy, me imagino que se hace tarde para ti, Andrés.

—Es verdad, pero ahora tengo más claro el origen de nuestros males recientes, con una oposición así, no es fácil, Dios mío. Gracias señor Jesús, nos vemos mañana, expresó Andrés.

Lo que Andrés tampoco podía entender era cómo el 27 de mayo de 2016, represents del Gobierno nacional y la oposición venezolana, se habían reunido en República Dominicana, de forma exploratoria, para el inicio de un proceso de diálogo en pro de solventar la crisis económica, política y social de Venezuela.

La información de prensa señaló que estuvieron presentes, en calidad de mediadores, el secretario general de la Unión de los países del Sur (UNASUR), Ernesto Samper y los expresidentes del gobierno de España, José Luis Rodríguez Zapatero, de Panamá, Martín Torrijos, y de República Dominicana, Leonel Fernández. Por parte del gobierno asistieron Elías Jaua, diputado de la AN por el PSUV, el alcalde de Caracas Jorge Rodríguez, y Delcy Rodríguez, Canciller de la República para ese entonces. Por la MUD asistieron los diputados Alfonso Marquina, Timoteo Zambrano y Luis Aquiles

Mientras tanto, en las principales ciudades de Venezuela, la oposición marchaba y exigía respuesta y celeridad al CNE en el proceso de revisión y validación de la recolección de firmas para la activación del revocatorio contra el presidente Nicolás Maduro, ya entregadas el 2 de mayo de 2016. Tres meses después, el 1 de agosto, el CNE aprobó el 1% y legitimó a la MUD como actor para la solicitud del referéndum.

El CNE indicó que, si se cumplían todos los requisitos, la recolección de firmas se podría realizar a fines de octubre de 2016. Claramente enfatizó su presidente: *"Si todo sigue su cauce normal, el referendo revocatorio al que aspira la oposición en Venezuela ocurrirá en 2017, fuera del plazo para la convocatoria de nuevas elecciones presidenciales."*

Las declaraciones dadas el martes 09 de agosto de 2016, por la presidente del CNE, quien sostuvo que la recolección de apoyos para convocar al referendo se debería realizar a fines de octubre, si se cumplen todos los requisitos, dejaban bien clara la posición del organismo. Como era de esperarse, estas declaraciones molestaron a la oposición.

El referendo, solicitado por la MUD, buscaba sacar del poder al Jefe de Estado. La Presidente del organismo adelantó que: *"…el CNE tomará la decisión definitiva sobre la recolección del 20 por ciento de las firmas entre el 14 y el 16 de septiembre de 2016".* Y enfatizó, que: *"… una vez cumplido este requisito, el Consejo debe convocar al referendo en un plazo no superior a 90 días, por lo que si se extienden los plazos al máximo, la convocatoria sería a fines de enero de 2017."*

Así mismo aseguró que *"el CNE no puede apurar ni retrasar este mecanismo constitucional"* y recordó que la Junta Nacional Electoral tiene 15 días para presentar una propuesta del cronograma de recolección de firmas. La presidenta del Consejo añadió, que: *"… el revocatorio no es una fórmula para desestabilizar al país, sino un medio de participación política que está establecido en la Constitución de Venezuela".* Finalmente añadió y recordó que: *"… todos los cargos son revocables, y el CNE tiene experiencia en el tema. Pareciera que se nos ha olvidado que hemos te-*

nido otros referendos en el país", dijo, recordando que solo en 2007 se realizaron diez de ellos en distintos municipios del país.

Como era de esperarse, la oposición reaccionó inmediatamente, ante lo que parecía, según ellos, otra artimaña del CNE. Así expresaron su opinión importantes representantes de la oposición, quienes respondieron por diversas vías y expresaron su descontento, como lo hizo una importante líder opositora, quien escribió en Twitter: *"todos sabemos que no es una discusión técnica ni administrativa: es política, es existencial".* Y calificó la actuación del CNE como *"criminal".*

También por intermedio de la red social Twitter, el gobernador de Miranda y dirigente opositor, calificó la conferencia de la máxima autoridad del CNE, como *"un ejercicio de cinismo y mentiras",* acusándola de: "creer que somos tontos los venezolanos. *El pueblo quiere fecha y referendo revocatorio en 2016",* dijo. De igual modo, este funcionario adelantó que habría movilizaciones pues *"el país no acepta un podría".*

Al día siguiente, continué hablando con los jóvenes, excusándome por mi larga intervención, pero los muchachos me atajaron.

—Tranquilo papá, Andrés y yo estamos felices de que nos dediques gran parte de tu tiempo para explicarnos estas cosas que en realidad no conocíamos al detalle, ¿verdad Andrés?

—Claro señor Jesús, pocos tienen la fortuna de tener una persona conocedora del tema para que les explique, con el lujo de detalles que usted lo hace. Gracias a usted, ahora podemos entender, con más claridad, los orígenes recientes de toda esta pesadilla que estamos viviendo —apunto el joven.

Yo creía que les había cansado con toda esa larga explicación, pero ahora me doy cuenta que era necesario, y estoy seguro que comprenderán mejor el por qué de toda esta violencia e inestabilidad política que estamos viviendo, sobre todo entender que tiene sus orígenes en la actitud de la declinante AN, al designar un TSJ adepto al Ejecutivo. Es decir, convirtió a los poderes Ejecutivos y Judicial en un solo ente indivisible políticamente. Fíjense lo aberrante y el retroceso político que esa decisión significa y crea un precedente nefasto para la democracia occidental en general.

Ese es el mensaje que quería hacerles llegar muchachos, ese mismo que creo firmemente debe ser conocido por sus amigos guerreros. Solo falta una parte muy importante que quisiera y creo es mi deber explicar, se trata de la acción, o, mejor dicho, de la respuesta de la oposición ante este atropello.

Mi mayor preocupación es escuchar las noticias oficiales dando versiones distintas. Creo que se cumple aquella profética frase que dijo Winston Churchill, quien ha quedado en nuestra memoria colectiva como uno de los grandes políticos del siglo pasado. Esa frase señala que: *"La historia la escriben los vencedores"*. Me temo que ya ellos han secuestrado la historia como se observa en los textos escolares donde petrifican la historia, congelando sus versiones como únicas, cambiando fechas, creando nuevas efemérides, presentando como héroes a personajes de dudosa reputación, metamorfoseando intencionalmente la apariencia física del Libertador, haciéndolo aparecer con rasgos de zambo, semejantes al llamado comandante eterno, creerse y llamarse hijos Bolívar, cambiar el nombre de avenidas, montañas, sitios históricos, hasta el nombre del país lo cambiaron.

—Papá, pero nunca antes me habías explicado eso, dijo Esther, con cara de asombro. Yo sabía que estos *mal paríos* que están en el poder son unos degenerados ladrones sin alma, pero nadie me había echado ese cuento así.

Estos tipos venden hasta su madre, tan solo por permanecer mandando.

—Esther, no me gusta que te expreses así. El castellano tiene abundantes adjetivos calificativos para usar y no es necesario decir esas palabrotas. Menos una señorita como tú. ¿Acaso has escuchado a tu madre o a mí decir esas palabrotas?

—Bueno papá, si escucharas lo que dicen mis amigos, y lo que le gritan a los guardias y a los policías en las calles, te quedarías *fly*. El mismo presidente difunto decía groserías por televisión, y el actual, ni se diga. El difunto hasta hablaba, sin rubor alguno, de su intimidad sexual. Recuerdas aquello de: *"Marisabel, esta noche te doy lo tuyo"*. Algo aberrante que así se exprese un presidente, ¿no crees? Pues a esos "señores" les perdonan todo, todas las sandeces que dicen, pero si ésta simple mortal dice algo, que de paso es común escuchar entre nosotros los jóvenes, tú me regañas inmediatamente.

—Señor Jesús, muchas gracias por aclararnos todas esas dudas, sobre todo las que tienen que ver con las leyes, le dijo Andrés expresándole su gratitud por conversar con ellos e igualmente le agradeció por atenderle en su casa. Quiero decirle que nosotros no seguimos a un partido ni a un líder en especial, apreciamos sí, la presencia de unos jóvenes diputados en las protestas, pero actuamos de igual a igual. Seguro ellos saben todo esto que usted nos explicó, pero la mayoría de nosotros no, muchos desconocen esa situación. Lo que más nos impulsa a protestar es que estamos cansados de seguir pasando trabajo y no vemos futuro para nuestras vidas. Bueno, y con relación al francés de Esther, espere a que se entreviste con Arturo y otros chamos guerreros, esos sí dicen cualquier cantidad de cosas muy *heavy*, que en verdad, ya no lo consideran groserías, esa es su forma de hablar.

—Ok. Pero antes de entrevistarme con Arturo, quisiera que finalicemos esta pequeña historia, pues, es necesario conocer, en lo posible ¿Cómo hemos llegado hasta aquí, a esto que estamos viviendo? ¿Les parece bien si seguimos mañana en la tarde?

—Claro que sí, señor Jesús. Nos vemos mañana, a eso de las 4 pm.

Como era obligante, por el asunto de las rejas de seguridad, Esther acompañó a Andrés hasta la planta baja, y así también aprovechaba para despedirlo con mucho afecto. En el camino el joven le manifestó:

—Chama, el viejo sabe lo suyo, todo bien explicadito; coño se le salió la clase de profesor, tenía tiempo que alguien no me explicaba las cosas así. Pienso que para nuestros *pures* debe ser arrecho ver y sentir todo esto, después de haber vivido en democracia, con full trabajo, buenos sueldos, viajes y servicios al día, y ahora tener que calarse a estos malditos que han destrozado todo, no debe ser fácil para ellos.

—Bueno, vamos a estar claros Andrés, tus viejos no creen nada de eso; es más, tú sabes que siempre justifican todo lo que hacen estos bichos, e incluso culpan a los gobiernos anteriores, que ellos llaman la cuarta república. ¿Cierto? Yo me imagino el peo arrechísimo que se va a armar cuando se enteren que andas en esto Andrés, guerreando contra este régimen. ¡Dios! seguro hasta te botan de la casa. No quiero ni pensarlo.

—Tranquila chama, ya veremos lo que pase cuando se enteren; lo que si te puedo decir es que me tienen super *ladillao*, preguntándome a cada rato, para dónde voy y con quién estoy. Hace tiempo que ni bolas les paro. El que me jode demasiado es papá, porque mi mamá nunca me dice nada. El tipo se la pasa siempre arrecho, echándole pestes a la oposición. Claro, todo el tiempo viendo programas como la *"Hojilla"* y otros horrorosos, entre ellos algo como *"Zurda Konducta"* tú sabes, no cambia nunca ese canal de VTV. Ya hablaremos de eso. Bueno, nos vemos mañana, no quiero perderme ese cuento de tu viejo. Chao, chao. Bueno, y ¡trata de no decir groserías delante del viejo, se arrecha marica!, yo le vi la cara que puso cuando tú hablaste y me asusté, te lo juro. Pero el viejo me cae bien, es burda de pana.

Tan pronto el joven llegó a su casa, sonó su teléfono móvil, era Esther a llanto suelto, diciéndole que la llamaron porque Joel había muerto. A Andrés, inmediatamente se le erizaron los bellos de los brazos y un frío intenso se apoderó de su cuerpo, no lo podía creer. Hoy, como todas las mañanas antes de irse a Chacao, había visitado Joel y lo vio bien; lo que desconocía es que esa misma tarde lo habían pasado a quirófano de nuevo, pues una hemorragia interna se le había desatado. Joel no soportó la segunda intervención y su corazón se paralizó.

Ya era de noche y aquel joven desconcertado por la noticia no sabía si buscar a Esther para ir al Hospital o pedirles a sus padres que lo llevaran. Esta última opción lo delataría ante sus padres, sin ninguna duda sabía además que era como pedirle peras al olmo, pero era tanto el dolor, que ya eso poco le importaba. Finalmente habló con Esther, y dado a que ella también tenía limitaciones para salir esa misma noche, decidieron esperar hasta el otro día y levantarse temprano para ir al hospital. Andrés se encerró en su cuarto, lleno de impotencia, y sus ojos se nublaron al no poder estar presente en ese momento junto a los familiares de Joel. Seguro lo entierran mañana mismo, pensó. Ojalá sea en la tarde, dijo, pues así tendría tiempo de ir a la plaza a descargar su ira y frustración. A la media noche, bajó a la cocina, pues sintió hambre y recordó que no había cenado, además la cita en la casa de Esther se había extendido mucho más de lo que había pensado.

Aquel joven tardó en conciliar el sueño, pues su mente estaba plena de recuerdos de Joel, su apreciado amigo de Petare, con quien había compartido varias semanas de lucha en la plaza y la autopista. Juntos habían tragado mucho humo y cotidianamente podían ver la muerte muy de cerca, compañeros cercanos caídos en batalla; en cada muerte, sentían un dolor más y una tristeza mayor, pero también una razón adicional para mantenerse en la lucha. Así mismo, recordaba Andrés, el profundo dolor que les causaban los cuantiosos heridos de bala, de perdigones y de otros objetos contundentes. Lo bueno es que nada de eso mermaba sus espíritus de lucha. Mientras todos mantengamos intactas nuestras esperanzas, ilusiones y deseos por ver a este país libre y con posibilidades para todos, bien vale la pena esta lucha, era cuestión de resistir, comentaban los jóvenes. Joel siempre le decía: *"pá lante panita, vamos bien"*. Así recordaba Andrés a su compañero de lucha y no podía contener las lágrimas que inundaban sus ojos.

Durmió pocas horas, pero tan pronto los primeros rayos del sol se reflejaban en su ventana, se incorporó, se duchó y cepilló. Aprovechó que sus padres aún dormían y bajo a la cocina, se preparó un sándwich y llamó a Esther.

—¿Chama, estás lista?

—Andrés, pero apenas son las 6 de la mañana ¿Qué te pasa?

—¿Cómo? Quedamos en levantarnos temprano. ¿Lo olvidaste? ¿No te acuerdas que debemos visitar a Joel, antes de ir a la plaza? Habla con tu papá, porfa, dile que murió Joel y debemos ir al entierro en horas de la tarde. Seguramente eso nos obligará a posponer nuestra reunión de esta tarde. ¿De acuerdo?

—*Si va*, ya le digo. Te espero en la puerta del edificio.

Los jóvenes aprovecharon la cola de un vecino amigo, quién los dejó en el hospital, por cierto, lugar que estuvo muy vigilado por la PNB. Lo llevaron hasta su casa en el barrio "*La dolorita*" de Petare. Decidieron llevarlo hasta su casa, ya que son muy pocas las agencias funerarias que prestan el servicio a los barrios, principalmente por los enfrentamientos que se han presentado, entre bandas de delincuentes que allí operan. Muchas familias prefieren evitar líos y velan a sus muertos en sus casas, así no tienen que lidiar con el problema de las bandas, además de economizar el pago de los altos costos que este servicio tiene en Venezuela.

Andrés y Esther pudieron llegar hasta la Redoma de Petare, luego tomaron una buseta que los dejó cerca de la casa de Joel, donde velaban al panita, como le decían. Allí se encontraron con mucha gente del barrio y una gran cantidad de guerreros, por su puesto, quienes se confundieron en abrazos, todos consternados y llenos de ira al mismo tiempo. La casa resultó muy pequeña para la cantidad de personas presentes, quienes se vieron obligados a ocupar la calle en gran parte. La mayoría buscaba a la mamá de Joel, para darle el pésame. Ella lucía pálida y demacrada por no dormir en toda la noche, parecía un zombi de tanto llorar a su hijo y ya no le quedaban lágrimas; realmente se veía desconsolada la pobre mujer. Sin embargo, sacó las pocas fuerzas que aún tenía para dirigirse a los presentes, de inmediato un silencio total impregnó el ambiente cuando la pequeña figura se montó en una mesa y les dijo:

"Cuídense mucho mis hijos, esos desgraciados no tienen corazón, fíjense como me quitaron a mi muchacho, acabaron con mi alegría. Ustedes lo conocieron y saben que

no había maldad en él, que a pesar de criarse en este ba-
rrio donde hay tanto malandro, todo el mundo lo quería
por sano y buena gente que era. Hace poco se graduó de
bachiller y me dijo, y aun lo escucho: "mami si este gobier-
no sigue, yo me voy del país, pero ahora estoy en la lucha,
con muchísimos panas, para ver si primero salimos de esos
corruptos mal nacidos. Aquí solo me retienen tú, y la lucha
que estamos dando todos los panas de Caracas."

Aquellas palabras de esa madre tan adolorida incendiaron aún más los ánimos en los presentes que le aplaudieron hasta el cansancio, y empezaron a gritar alzando sus brazos, a una sola voz decían: *"libertad, libertad, libertad…"*. Cantaron una canción que solía entonar Joel y que se había convertido en un himno para los guerreros, "Venezuela", es una canción que tiene letra y música de dos compositores españoles. Es tal el sentimiento que esta canción inspira en los venezolanos, que, desde su composición y estreno en 1980, su popularidad se ha extendido al extremo de ser considerada el tercer himno nacional. Para cualquier venezolano, en cualquier parte del mundo, cuando escucha sus primeras notas: *"Llevo tu luz y tu aroma en mi piel, y el cuatro en el corazón…"*, inmediatamente se paraliza y aflora el sentimiento patrio. La ocasión fue propicia para escucharla, y claro, casi todos los presentes la cantaban con las lágrimas en sus ojos, al recordar que era la preferida por Joel.

Un poco antes de las 10 am, dejaron la humilde casa y salieron rumbo a la plaza, con sus pechos erguidos, dispuestos a demostrar la rabia que le causaba este asesinato, a vengar y mostrar su repudio a esta muerte tan sentida por todos ellos. Armados con sus implementos de batalla en sus morrales donde llevaban cascos, botellas, cohetones, morteros, piedras, guantes de los usados en construcción e inclusive algunos marchaban gritando consignas y entonando canciones y el himno nacional. Su vestimenta, mejor dicho, su uniforme, lo constituían, por lo general, un blue jean y una franela blanca, zapatos y gorras deportivas. Algunos portaban lentes de diversos tipos, otros llevaban máscaras parecidas a las antigases, esas que usan los pintores en los talleres de reparación y pintura de vehículos, portaban sus escudos hechos de madera, latón o plástico, decorados con dibujos y fotos. Era toda una indumentaria que lucían y caracterizaba a los guerreros en la protesta.

En la plaza se reunían muchos y variados movimientos, desde estudiantes universitarios, representantes de los partidos políticos, organizaciones civiles, hasta una gran cantidad de personas sin militancia partidista alguna, que incluía a muchos jóvenes de urbanizaciones y barrios caraqueños.

Andrés sabía que en la plaza no podían estar hasta muy tarde, pues tenían que regresar a acompañar el féretro de su panita Joel y estar con sus familiares para llevarlo hasta el cementerio, además debían reunirse con los guerreros que había acordado asistir al sepelio. De igual modo, se daba por seguro la presencia de varios jóvenes diputados de la oposición, a los cuales, si bien no conocía personalmente, en varias ocasiones se había cruzado con algunos de ellos en la calle o los habían visto en las protestas.

En verdad todos los guerreros sentían un inmenso desprecio y repudio por los causantes de la muerte de Joel, y su furia aumentaba al verlos alineados formando una barrera frente a ellos, dispuestos a disparar de nuevo contra esa inmensa masa de jóvenes, tan pronto bajaran a la autopista Francisco Fajardo, específicamente en el sector de Altamira. Andrés no tardó en ponerse su casco, sus lentes y su máscara anti-gas cuando se inició la batalla campal, ellos lanzaban piedras y botellas vacías contra la guardia, y estos respondían inmediatamente con lacrimógenas y perdigones. La GN, además de las conocidas tanquetas que disparaban lacrimógenas, usaba también carros cisternas, llamados ballenas, para dispersar a los manifestantes con chorros de agua a altísima presión, capaz de derrumbarlos, como en efecto lo hacían. En pocos minutos la autopista se cubrió del denso y picante humo, debido a la gran cantidad de bombas lanzadas, al punto que era difícil verse entre ellos. Era una escena repetida muchas veces desde comienzos de abril, pero que definitivamente se incrementaba cada día más. Esther no se separaba de Andrés ni un segundo, ella le asistía con el vinagre, pasta dental y una toallita, para contrarrestar los efectos de los gases lacrimógenos. Entre ella y Andrés devolvían muchas lacrimógenas lanzadas por la GN, las cuales tomaban inmediatamente con sus manos enguantadas para no quemarse, por lo caliente de las mismas, era imposible retenerlas, tardaban segundos en tomarlas y volverlas a lanzar. Sin embargo, notaban cómo sus manos se les ponían amarillas al contacto con las bombas. Así mismo, los guerreros apuntaban sus lanza-morteros hacia los guardias, quienes aturdidos por el estruendoso ruido que se producía al estallar cada mortero, retrocedían y los jóvenes ganaban terreno lanzando piedras y botellas. Luego la guardia usaba sus tanquetas como escudos, lo que les permitía avanzar de nuevo. Utilizando toda una estrategia, los muchachos atacaban a las tanquetas con bombas molotovs, muchas al incendiarse hacían que esos vehículos blindados retrocedieran rápidamente, al igual que la guardia misma. Cuando esto sucedía, aparecían motorizados civiles armados adeptos al gobierno, quienes disparaban indiscriminadamente, obligando a los jóvenes a retroceder y correr por su vida, muchos saltaban las defensas de la autopista y llegaban hasta el río Guaire, buscando refugio y protección. Siempre el mismo guion.

Para Andrés, ese día el gobierno mostró su peor rostro. Como él expresaba: *"...poco le importó al régimen la muerte de otro joven venezolano, fíjense que no aparece el asesino, no hay imputados, ni mucho menos interviene la fiscalía para averiguar el hecho. Todo lo contrario, nunca dieron tregua y las agresiones arreciaron y desataron mayor violencia que en días previos. Con su terrible saldo de muertos, heridos y cientos detenidos."*

Luego de varias horas de batalla, la autopista se vació de manifestantes. Los heridos eran llevados a apartamentos de la zona, acondicionados para tal fin, donde eran atendidos por médicos jóvenes y estudiantes de los últimos años de la carrera de medicina y enfermería. Allí se suturaban heridas menores, se atendían los casos de perdigonazos y los casos que requerían intervenciones de cirugía menor. Los casos que no podían atender los llevaban a Salud Chacao, una clínica perteneciente al municipio Chacao, y los heridos graves eran trasladados a ciertas clínicas privadas, pues les estaba prohibido acudir a centros asistenciales públicos. Ya sabían las consecuencias de ir a dichos centros. De allí salían detenidos directamente a los distintos recintos policiales de los cuerpos de seguridad del estado.

Esa tarde los manifestantes habían adquirido el compromiso de asistir al sepelio de Joel, de tal manera que un grupo numeroso se dirigió directamente al cementerio de la *Guairita*. De repente, casi toda la vía que conduce desde la Urbanización Macaracuay hasta el cementerio, se llenó de manifestantes que circulaban a pie, en automóviles y motos que venían acompañando el féretro de Joel, desde Petare. Otro grupo de muchachos había tomado la vía, desde el final del Boulevar del Cafetal hasta la entrada del cementerio. La GN, como era de esperarse, había tomado la entrada a la

Guairita, justamente en la intercepción de las vías ya mencionadas. La multitud lucía enardecida, y solo por respeto a Joel y a su familia, admitieron nombrar una comisión de jóvenes que se trasladó al frente para hablar con los oficiales de la GN y, luego de una larga discusión, que amenazaba con romper la pequeña tregua, acordaron dejar pasar a la carroza fúnebre y a un máximo de cinco vehículos. Eran más de las 3 pm y el tiempo apremiaba para los trabajadores del cementerio, quienes terminarían sus labores antes de las 4 pm. Luego de una cortísima ceremonia, vieron bajar a los cinco vehículos. Al final, la multitud se retiró, cantando el himno nacional y gritando consignas contra el gobierno, pero no se registró enfrentamiento alguno.

A la mañana siguiente Esther esperó a Andrés, para irse a la plaza, como lo venía haciendo desde hacía varias semanas. Ya ella había hablado con su padre sobre la reunión de esa tarde.

Otro día de protesta y en esta oportunidad parecía que se habían multiplicado los manifestantes. Esta era una marea de jóvenes que se daban cita para expresar su descontento con el gobierno, ya no solo por la difícil situación económica, sino por la cantidad de muertos, heridos y detenidos el día anterior en todo el país. Hablaban, además, de la brutalidad como habían sido maltratados los muchachos. La ira y la insistencia de los guerreros, como se hacían llamar, iba en crecimiento, mientras que un joven Mayor de la GNB confesó: *"si esto sigue así, yo creo que nosotros no vamos a aguantar esta batalla; sin respiro, sin comer, todo el tiempo de pie, y para colmo las dotaciones que recibimos cada vez son más escasas, además, estos chamos no se cansan, y eso que les damos duro, como mandan los jefes".*

Esther y Andrés llegaron a eso de las 4 pm a la urbanización, agotados e impregnados con ese olor característico de las lacrimógenas, pero tenían que apurarse pues a las 5 pm era la cita con Jesús. Solo disponían de una hora para bañarse y comer algo.

A las 5 pm en punto se presentó Andrés al apartamento de los García, con muchas ganas de oír al profesor Jesús. Con la amabilidad que le caracterizaba, la señora María había preparado café y unas galleticas, para la reunión.

Bueno, voy a tratar de ser breve. En verdad era el presagio de que se trataba de una larga exposición, porque siempre hay que esperar una extensa exposición cuando el orador comienza con esa expresión, como una muletilla: *"…voy a ser breve"*. Sin embargo, los jóvenes estaban tan interesados en escuchar y prestos a la explicación de Jesús, que no les importaba el tiempo que podía tardarse en su relato.

Los recibió con mucha amabilidad, pero la angustia se reflejaba en su rostro, pues había visto las noticias por televisión y alcanzo ver las imágenes, muy fuertes. por cierto, sobre la batalla campal del día anterior. Sin embargo, estaba listo para continuar con sus explicaciones.

Como les prometí, voy a seguir con nuestro análisis, a ver si podemos entender ¿Cómo hemos llegado a esto que estamos viviendo?

Lo primero que debo decirles es que ustedes pertenecen a una generación, que yo calificaría de atípica, por lo menos, muy distinta a la mía y a la de tus padres, Andrés. Mi generación viene indistintamente del barrio, de la urbanización o de la provincia, todos igualados mediante un sistema educativo público que competía ventajosamente con el escaso sistema privado. La gente, independientemente del estrato social de su procedencia, prefería los liceos y universidades públicas, por su calidad, no obstante haberse iniciado el proceso de masificación en el año 1958, con la llegada del sistema democrático al país. En las aulas se sentaba el rico y el pobre, en sana competencia y camaradería. Claro, existían las providencias estudiantiles, sobre todo en las universidades autónomas, que aseguraban una mínima estabilidad económica al estudiante muy pobre. Ustedes no han tenido la fortuna de vivir en democracia, pero saben que sus padres pudieron prosperar y criarlos bajo ese sistema político.

De las universidades y los pedagógicos salían los líderes y profesionales del país y, en esos centros del saber coexistían todas las tendencias e ideologías políticas presentes en el país. Recuerdo, además, que existían las escuelas técnicas, que, por su calidad, se habían ganado un buen prestigio en Venezuela. Ser miembro del personal docente y de investigación de una institución de educación superior, era pertenecer a la clase media, no solo por su nivel de vida, sino por el prestigio que ello significaba. Yo recuerdo que mi sueldo, expresado en dólares americanos, era uno de los más altos del continente. De hecho, nuestras universidades se nutrieron del talento científico y humanístico venido de otros países, de todo el mundo, hasta de los países más lejanos, como India. Nuestra docencia e investigación, se consideraba buena, y, por cierto, existían islas de excelencia científica que competían con los mejores centros de investigación científica del mundo.

Por su parte los gremios universitarios eran muy respetados y tenían mucho peso político en el país, al punto que se sentaban a discutir con los gobernantes de turno sus sueldos y las reivindicaciones sociales de trabajo, eran las llamadas contrataciones colectivas, muy respetadas en ese entonces. Puedo resumir diciendo que era una generación con autoridad moral y que no aceptaba autoritarismo. Hoy me duele decir que esa generación ya no se manifiesta y, nuestra situación económica y social, ha llegado a niveles de extrema miseria. Son muchos los profesores que han emigrado por no poder tener los medios económicos mínimos para mantener a sus familias. Las primeras oleadas de emigrantes venezolanos la constituyeron profesores universitarios, profesionales de distintas ramas del saber humano y muchos especialistas abandonaron las empresas donde trabajaban, dado los bajísimos sueldos que recibían. Cuando organismos multinacionales señalan que se considera pobre quien gane menos de 60 dólares americanos por mes, el profesor de máxima categoría y antigüedad en una universidad venezolana no llega a 10 dólares americanos mensuales, es decir, por debajo de la pobreza extrema. Bueno, pero no nos apartemos tanto del tema central y continuemos con nuestro análisis.

Para un importante sector nacional y extranjero, las protestas venezolanas se han dado en un contexto de profundo descontento social, debido básicamente a la coyuntura económica negativa; por mi parte, considero que estas responden a un abanico de circunstancias y situaciones mucho más amplias.

Ciertamente estas protesta sociales fueron reseñadas por la prensa nacional e internacional como consecuencia de la prolongada crisis económica que ha vivido Venezuela, y sus expresiones más visibles, según esos análisis, han sido: la elevada tasa de desempleo, al momento situada cercana al 25% y considerada la más alta de región, la mayor hiperinflación del planeta, los malos servicios públicos, los bajísimos salarios, la restricción del crédito y en general las políticas públicas implementadas por el gobierno, que han acabado con la producción de alimentos y medicamentos, y las numerosas empresas que han tenido que cerrar, por motivos diversos. Además, la pretensión e insistencia del gobierno de querer imponer, a toda costa, un modelo político rechazado por la mayoría de los venezolanos.

De igual modo, los expertos y analistas políticos, en su gran mayoría, concluyen que la depresión económica de Venezuela representa la mayor documentada en la historia de Latinoamérica, y se puede ubicar entre una de las diez mayores en la historia de la humanidad. Algo jamás imaginado por nosotros, por eso coincido con quienes piensan que ésta llamada revolución bolivariana ha arruinado al país, y su clase política corrupta se enriqueció asaltando al erario público, y pervirtiendo a la clase militar en sus diferentes jerarquías. Sin dudas, este ha sido un régimen que ha llevado a la pobreza al 90% de la población, que ha enfrentado a los países democráticos y a los organismos multilaterales, y es claro que tiene mucho para preocuparse, pero ellos parecen llevar la procesión por dentro.

No es fácil explicarse lo que ahora sucede sin detenerme, brevemente, a precisar lo ocurrido en años anteriores, específicamente en el 2015 y 2016, como les he explicado. En esta oportunidad trataré de destacar las acciones y repuestas que ha dado la oposición en diferentes oportunidades.

—En enero del 2016, cuando se instaló la nueva AN con mayoría opositora, el ambiente era tenso. De tal manera que se combinaron la euforia y el nerviosismo de los opositores ante ese importante acontecimiento. Tan pronto se posesionó el nuevo presidente del parlamento, los diputados oficialistas abandonaron el hemiciclo y la violencia se hizo presente en los alrededores de la AN cuando voceros del oficialismo atacaron a los periodistas que cubrían la fuente. Allí no se presentó una masa del pueblo opositor, dispuesto a defender a los diputados que ese mismo pueblo había elegido recientemente, claro y es lo importante, tampoco fueron convocados, y resultaba difícil que se presentaran espontáneamente.

Es decir, la oposición no previó esos acontecimientos y menos pensó en su respuesta.

El deterioro económico en el país se acentuó; sin embargo, en el mes de febrero el Ejecutivo optó por aumentar el precio de la gasolina y, a pesar que dicho aumento representó más del 6.000%. Esta acción no tuvo repercusión negativa en la población quienes, inesperadamente en su gran mayoría, manifestaron su acuerdo con la medida, ya que consideraron que los bajos costos no permitían cubrir los gastos de las estaciones de servicios y el precio de producción era superior a lo que ingresaba por la venta del combustible. Sin embargo, la oposición tampoco capitalizó esa acción. Solo recordar que fue un aumento mínimo del combustible lo que inició el llamado *"Caracazo"*, es suficiente para llamar a nuestra reflexión.

Igualmente, la escasez de alimentos se agudizó. La producción nacional disminuyó a niveles impensables y surgieron largas colas en los supermercados. A este malestar se unió la incomodidad de no contar con un servicio eléctrico eficiente, y las grandes ciudades se vieron sometidas a constantes cortes del servicio eléctrico. La oposición seguía como ausente del escenario que vivía el país. Pero, ante las penurias de la población y quizás por las exigencias de mucha gente, la MUD convocó a una gran concentración en Caracas. Al acto acudió más de un millón de personas, según sus estimaciones, quienes protestaban por la gran escasez de comida y medicinas. Ese 01 de septiembre acudieron personas de varios estados, sorteando todo tipo de obstáculos que puso el Ejecutivo en la vía a la capital.

Para el mes de septiembre de ese mismo año se hizo pública una carta en la que monseñor Pietro Parolín, Secretario de Estado del Vaticano, aceptaba la oferta de UNASUR de sumarse a las conversaciones como mediador. El gobierno nacional y la oposición habían enviado cartas al nuncio apostólico, Aldo Giordani, pidiendo al Vaticano su mediación en la crisis venezolana.

Como ustedes habrán escuchado, en el 2016 pasaban los meses y la oposición se debatía en discusiones y más discusiones; fue hacia la segunda mitad de ese año, cuando lograron activar el Referendo Revocatorio, para ello recogieron las firmas correspondientes y todo parecía seguir su curso normal. Lo que nunca se imaginó la MUD fue la trastada que le preparó el gobierno, un vez más utilizó al poder judicial para acabar con las esperanzas de todo un pueblo que solo quería expresarse mediante el voto libre y soberano.

Días antes el Vaticano daba muestras de su interés por Venezuela y el domingo 9 de octubre de 2016, el Papa Francisco, al finalizar la celebración de la Eucaristía, designó como Cardenal al arzobispo de Mérida, monseñor Baltazar Enrique Porras Cardozo, quien declaró: *"Mi designación es un llamado a la superación de la crisis en Venezuela"*. De igual modo, a los siete días de este nombramiento, el día 16 de octubre, hubo una segunda designación en el mundo eclesiástico que involucraba a un venezolano: el sacerdote Arturo Sosa, designado como el nuevo "Papa Negro" como se conoce.

Finalizando el mes de octubre, cuando solo faltaban pocos días para la recolección del 20% de las firmas requeridas para activar el referendo revocatorio contra el presidente, el CNE decidió suspender la etapa de convocatoria, citando la decisión de los tribunales regionales de Aragua, Carabobo, Monagas, Apure y Bolívar que anularon, en sus respectivos estados, la recolección de firmas del 1 % (correspondiente a la etapa de promoción), alegando acusaciones de fraude por parte de la opositora MUD. La presidente del CNE hizo un llamado al diálogo nacional, para evitar que pudieran generarse episodios violentos ante la negativa del CNE de permitir la votación popular.

La decisión del CNE atrajo la atención internacional al país y varias naciones se pronunciaron en contra de la misma, lo cual era una señal clara que el gobierno de Venezuela perdía apoyo internacional, como no había sucedido en años anteriores.

Al día siguiente de dicho anuncio, el gobernador del estado Miranda y líder opositor, acompañado de los integrantes de la MUD, en rueda de prensa declaró: *"Ayer en Venezuela se dio un golpe de Estado, no se puede calificar de otra forma, se le dio un golpe de Estado a todos los venezolanos, lo que nosotros veníamos alertando que había que evitar. ¿Ustedes roban el derecho del pueblo venezolano a decidir? Nosotros vamos a convocar a la toma de Venezuela, el próximo miércoles, vamos a tomar Venezuela de punta a punta, debe haber un pueblo movilizado para restituir el hilo constitucional"*.

Como era de esperarse, ese acto desató la crisis política en Venezuela de 2016, con un llamado de la oposición venezolana a marchas pacíficas multitudinarias denominadas *"toma de Venezuela"* a partir del miércoles 26 de octubre de 2016.

El país estaba en plena convulsión con multitudinarias marchas en las principales ciudades de Venezuela como expresión del descontento que había ocasionado la suspensión de Referendo. Muchas de esas marchas resultaban con un saldo elevado de detenidos, heridos y muertos, en su mayoría por acción de los llamados colectivos, tal y como Andrés había narrado en su oportunidad. Se trataba de grupos de civiles armados por el oficialismo que irrumpían contra la población desarmada, con la permisividad de los cuerpos de seguridad del estado y muchas veces con su anuencia.

La oposición anunció una gran marcha, con gente de todo el país, en la ciudad de Caracas y cuyo destino final sería el Palacio de Miraflores, sede de la Presidencia de la República. Esto puso en alerta al gobierno, que ya había movido su diplomacia, con miras a propiciar un diálogo con la oposición, ante la profunda crisis que se avizoraba.

También en octubre, la Asamblea Nacional aprobó, en sesión ordinaria, el *"Acuerdo para la restitución del orden constitucional en Venezuela"*, en el que se incluían: declarar la ruptura del orden constitucional y la existencia de un golpe de Estado contra la Constitución y el pueblo venezolano, por parte del Presidente de la República; formalizar la denuncia ante la Corte Penal Internacional; proceder de manera inmediata y de acuerdo con los mecanismos constitucionales a la designación de los tres rectores principales y sus suplentes del CNE que fueron nombrados provisionalmente en diciembre del 2014; iniciar el proceso para determinar la situación constitucional de la Presidencia de la República, mediante un juicio político y moral al presidente, señalado como responsable de la crisis nacional.

En ese complicado mes de octubre el nuncio apostólico de Argentina, y emisario del Papa Francisco, Emil Paul Tscherrig, tras sostener una reunión, en el Hotel Meliá Caracas, con el secretario general de la MUD, para esa fecha, junto a los representantes de los otros partidos políticos de la alianza, y los representantes del gobierno, declaró: *"Hoy se ha iniciado el diálogo nacional durante un encuentro entre representantes del gobierno y de la oposición, con el propósito de establecer las condiciones para convocar una reunión plenaria en la isla Margarita el día 30 de octubre"*.

Viene a mi mente que durante la concentración llamada la *"Toma de Venezuela"*, en ese mismo mes de octubre, la dirigencia opositora había convocado a una marcha hasta el Palacio de Miraflores que se llevaría a cabo los primeros días de noviembre de ese 2016.

No obstante el anuncio hecho por el líder opositor, días después, en los espacios del Museo Alejandro Otero, se iniciaron las primeras conversaciones para el diálogo entre oposición y gobierno, que se extendieron hasta la madrugada del lunes 31 de octubre y acordaron la creación de cuatro mesas de trabajo dirigidas a fomentar consensos en el respeto al estado de derecho, la justicia, la discusión de un nuevo cronograma electoral y la situación económica-social. El gobierno nacional estuvo representado por cinco de sus más altos dirigentes en representación de la oposición: el secretario de la MUD y cuatro dirigentes más. Los mediadores internacionales fueron el secretario general de UNASUR, Ernesto Samper; los expresidentes de los gobiernos de España, José Luis Rodríguez Zapatero; de Panamá, Martín Torrijos, y de República Dominicana, Leonel Fernández, y el enviado del Vaticano, monseñor Claudio María Celli.

Pueden ver que el Vaticano, por petición del mismo régimen, se propuso a instalar una nueva mesa de diálogo y así actuar como mediador. Para ello encargó al Arzobispo Claudio María Celli, enviado como mediador del conflicto. Por su parte, la MUD se reunió con Thomas Shannon, para ese tiempo Subsecretario de Estados Unidos para Asuntos Políticos, y con el mismo Arzobispo. El resultado de esa reunión fue que los representantes de la MUD decidieron aceptar la suspensión de la marcha a Miraflores, y el compromiso de sentarse a dialogar para resolver el problema político existente. Ese fue el logro del Vaticano.

Como respuesta a esas conversaciones, la Asamblea Nacional difirió el inicio del procedimiento del juicio político contra el jefe de estado. Además, el presidente del Parlamento informó sobre la cancelación de la marcha hacia el Palacio de Miraflores, convocada para noviembre.

—¿Quiere decir todo esto que el gobierno buscaba las conversaciones para evitar las protestas?, preguntó Andrés.

Pienso que no solo el gobierno actuaba con premeditación, para enfriar la protesta de calle, sino que había gente de la oposición que realmente creía necesario esas conversaciones para resolver el complicado problema político, y así lo expresaban.

Sin embargo, las conversaciones sin una agenda previa, no parecían satisfacer totalmente a los jóvenes, quienes, los primeros días de noviembre y representando al movimiento estudiantil de diversas casas de estudio, marcharon junto a diputados opositores y la sociedad civil, hasta la Nunciatura Apostólica, para presentar al Nuncio sus peticiones sobre el proceso de diálogo. Entre las peticiones que presentaron los jóvenes estaban: la liberación de los estudiantes encarcelados; el cese a la persecución de los estudiantes a nivel nacional; la apertura de un canal humanitario para poder superar la escasez de alimentos y medicinas del país; y la convocatoria a elecciones que incluya la Presidencia de la República. Solicitaban, además, un CNE totalmente renovado.

Esos chamos estaban bien claros —exclamó Esther.

Sin duda conocían la raíz de nuestros males —dijo Andrés. Yo me estrené en esa marcha, y me consta que se respiraba un ambiente de rebeldía estudiantil.

Debo decirles, que ese mismo día el coordinador nacional del referendo revocatorio, hizo públicas las metas de la MUD para las conversaciones que incluían: *1) el compromiso de una solución electoral a la crisis, en la brevedad posible; 2) la realización de elecciones, a corto plazo, en Amazonas; 3) la designación de nuevos rectores del CNE; 4) poner fin al "desacato" que el TSJ le ha impuesto a la AN; 5) la liberación de presos políticos; y 6) un acuerdo nacional para mejorar el abastecimiento en el país.*

La coalición opositora dio un plazo hasta el 11 de noviembre, día pautado para que se realizará la segunda reunión pro diálogo para recibir respuestas por parte del gobierno. De lo contrario, aseguraron que abandonarían el diálogo. Además, ratificaron sus condiciones para permanecer en el proceso.

¿Y cuál fue la respuesta del gobierno ante ese petitorio? —Preguntó Andrés.

Pensé un momento, para tratar de recordar, pues no podía omitir ningún detalle, ante la pregunta del joven. Mirándolos de frente dijo sin titubear, les expliqué.

Al principio hubo silencio ante las peticiones y el plazo dado por la oposición; sin embargo, un mes después el TSJ designó a nuevas rectoras del CNE para el período 2016-2022. Como rectora principal nombró a Auxilio Fernández de igual forma designó a Dalia Parilli como segunda rectora principal, y el día siguiente, el CNE confirmó la designación de las rectoras juramentadas por el TSJ. De tal manera que no se dio respuesta al petitorio mencionado.

—Hay algún vínculo de las rectoras designadas con el actual gobierno, preguntó Andrés.

Me alegra la pregunta por dos razones, la primera es que ya ustedes sospechan de toda actuación del TSJ, y la segunda es que suponen una reacción fuerte de parte de la oposición, ¿no es cierto?

Voy con la primera, para que tengan una idea de hasta dónde puede llegar un abuso de poder y esa desviación de aferrarse al mismo, para ello debo presentarles a las designadas: la señora Fernández viene de ejercer ese mismo cargo desde el 2009. Previamente ocupó altos cargos en la función pública con este gobierno. Fíjense, fue titular del Ministerio de Ciencia y Tecnología, y presidenta de la Compañía Anónima de Teléfonos de Venezuela (CANTV). En el año 2014 la Asociación Civil Súmate solicitó revocarla de su cargo en el CNE por su militancia en el PSUV, al momento de ser evaluada por esta organización, lo cual es violatorio de la Constitución, como ustedes saben. Con respecto a la señora Parilli, ella fue diputada por el PSUV durante 10 años, pero, además, fue reelecta diputada para el período 2006-2011, pero lo más grave es que no terminó el período debido a su designación como rectora del CNE. En resumen, esta rectora no solo fue diputada por oficialismo, sino que militó en el PSUV hasta dos semanas antes de su designación en el CNE. Una pequeña muestra de su imparcialidad lo pudimos ver, en el programa *"En Confianza"*, trasmitido por la televisora oficial del Estado, allí Parilli habló sobre los patrulleros electorales y dijo, entre otras cosas: *"La gente, el pueblo, realmente está convencido de que el presidente comandante es la persona que debe estar al frente de Venezuela".* Así, ¿o se los explico más clarito?, como me dijo Esther

La segunda razón, y no por ello la menos importante, es que el país no reaccionó como debió hacerlo. Solo algunas declaratorias sin ninguna trascendencia de algunos políticos de la oposición. Un síntoma inequívoco de un país agotado, casi vencido y dispuesto a aceptar semejante abuso, sin decir, ni mucho menos hacer nada.

Diciembre se mantuvo agitado, por razones muy distintas a las que les venía explicando. Sucedió que ante el anuncio que hizo el Ejecutivo de sacar de circulación los billetes de 100 bolívares, se originó un caos y desesperación entre la población, varios estados se vieron afectados por distintos disturbios.

Saqueos a locales comerciales, instituciones bancarias e incluso a residencias familiares generaron un alto nivel de incertidumbre luego de que el Ejecutivo propiciara un desorden financiero en todo el país, con el retiro de circulación del billete de mayor denominación. Miles de negocios saqueados y tres vidas pérdidas fue el saldo que dejó la gestión presidencial y económica.

El año concluyó con el anuncio del presidente, en lo que sería una tercera prórroga para la continuación de circulación de los billetes de 100 bolívares mientras que las distintas instituciones financieras afinaban todos los detalles correspondientes para afrontar el nuevo cono monetario del país que constará con billetes de 500, 1.000, 2.000, 5.000 y 20.000 bolívares que llegaron al país, pero para ese entonces no circulaban aún.

Para algunos políticos, el 2016 no solo fue el peor año que recuerdan los venezolanos en su historia en lo económico, sino también en lo social y político. Como decía un opositor, en una alocución el 30 de diciembre, *"el año empezó con una esperanza de transición política y termina con un chavismo debilitado, pero con una oposición que no se ha fortalecido".*

Ciertamente, en lo económico el 2016 había sido desastroso para el país, la inflación se triplicó con respecto al 2015, alcanzando cifras superiores al 500%; el PIB bajó al 12%, caída que se mantenía sostenida en los últimos cinco años; el salario real perdió su poder de compra a niveles críticos y la producción de petróleo se fue al piso. Todas las cifras mencionadas son extraoficiales, pues el Banco Central, hace años que no publica cifras. De igual manera, la pobreza ha alcanzado cifras alarmantes. Un conocido y versado economista señaló que: *"el número de gente que come de la basura o que no tiene suficiente alimento para sostenerse, se ha incrementó dramáticamente; todo ello unido al desplome de la producción de alimentos, como lo advirtieron los gremios de agricultores (Fedeagro) y ganaderos (Fedenaga)."*

A pesar de las opiniones de la oposición, lo cierto es que el Jefe de Estado terminó el año fortalecido internamente. En un año en que pocos dudaban del avance de la

oposición, el mandatario se mantuvo en el poder y, constantemente repetía en sus alocuciones al país: *Resistimos y
vencimos.*

Muy pocos se han detenido a pensar y reparar cómo ha sido esa resistencia, y menos la victoria proclamada por el gobierno. Al venezolano parece importarle muy poco las trampas legales y la confiscación de los poderes de la AN realizadas por el Ejecutivo.

En una entrevista publicada en el portal electrónico *Konzapata,* el presidente de la AN, a pocos días de terminar su período, reconoció que durante el 2016, el Jefe de Estado se erigió en dictador y la oposición no estaba preparada para ello. Dijo igualmente, que: *"...la AN fue esquilmada en todas sus atribuciones por el TSJ."*

Como ustedes saben, para la gran mayoría de nosotros los venezolanos, las navidades del 2016 pasaron con pena y sin glorias. Muchas familias utilizando las redes para saber de sus familiares en el exterior. Otros agobiados, preparando maletas para sus hijos, quienes en un número impresionante ya habían decidido marcharse del país ese año nuevo. Sin dudas, momentos tristes, nunca antes vivido por nosotros. Nunca fuimos un país de emigrantes.

La oposición llegó al 2017 desorientada, no solo porque no pudo aplicar el referendo, y no tuvo respuesta a ese hecho, sino porque, a raíz de los saqueos presentados en varias ciudades del país con motivo de la eliminación del billete de 100 bolívares, tampoco dio respuesta alguna. Además de los fracasados diálogos, que solo traían más desencanto en la oposición.

Todos los analistas estaban de acuerdo en que las perspectivas para el 2017 no eran buenas en ningún aspecto. De hecho, la mayoría coincidía en que sería un año en el cual aumentaría la inestabilidad política, la economía sufriría un brusco retroceso y los problemas sociales se incrementarían.

Lo cierto es que el 2017 comenzó muy mal para la democracia venezolana. La crisis institucional de Venezuela, se acentuada cada vez más, y otros eventos relacionados con la conflictividad política del país en los meses precedentes, principalmente posteriores a las elecciones parlamentarias de 2015, presagiaban un año muy conflictivo.

La sentencia del TSJ mediante la cual se atribuyó así mismo las funciones de la AN, además de extender los poderes del Jefe de Estado, originó una nueva oleada de protestas. Al momento de darse las sentencias, la reacción de la AN, así como de varios organismos de la región, fue mayoritariamente negativa. Algunos calificaron dichas acciones como un "*autogolpe de Estado*" y que se estaba disolviendo a la AN, lo que suscitó protestas en Caracas y otras ciudades del país.

Pasados los primeros tres meses del año, el TSJ anunció el retiro de la inmunidad de los diputados de la oposición y abrió la posibilidad de que pudieran ser enjuiciados, incluso ante tribunales militares. Así mismo, estableció que el TSJ garantizaría que las competencias parlamentarias fueran ejercidas por este mismo ente judicial o por el órgano que ella dispuciera, mientras persistía la "*situación de desacato*" y de "*invalidez*" de las actuaciones de la AN.

Luego de que la comunidad internacional, en su mayoría, repudió el hecho y que el Consejo de Seguridad Nacional exhortó a la Sala Constitucional del TSJ que eliminase dichas sentencias, ésta hizo lo propio, y decidió emitir nuevas las sentencias para devolver la inmunidad parlamentaria a los diputados y sus atribuciones a la AN. Sin embargo, se realizaron nuevas protestas que exigieron la renuncia de los magistrados, la realización de elecciones postergadas y el adelanto de las elecciones presidenciales previstas para 2018.

A pesar de que el Tribunal Supremo de Justicia revisó y suprimió los contenidos de las sentencias que emitió, las personas salieron a las calles para exigir respeto a la Constitución, y nuevas elecciones.

El llamado *autogolpe de Estado,* sin dudas originó la convocatoria a protestar, por parte de la oposición, en rechazo al fallo del TSJ que se adjudicó competencias legislativas, mientras creció la presión externa contra el Gobierno, ya declarado socialista. Decenas de estudiantes, partidarios y líderes opositores bloquearon algunas vías principales de Caracas, pero fueron brutal y rápidamente contenidos por las fuerzas de seguridad y motorizados adeptos al oficialismo. La oposición volvió a las calles en abril con nuevas peticiones después de cinco meses de ausencia y de un silencio ensordecedor.

Resulta difícil comprender la acción gubernamental, pues si bien es cierto que se vivía una tensa calma en el país, fueron las sentencias del TSJ las que provocaron, el inicio de lo que muchos llamaron *"La primavera venezolana"* o *"La rebelión de abril".*

Las manifestaciones se hicieron presentes en todo el país, pero indiscutiblemente Caracas fue el centro de una gran manifestación de la alianza. En esta oportunidad, el motivo era rechazar las sentencias del Tribunal Supremo de Justicia contra la Asamblea Nacional y exigir respeto a la Constitución. A pesar de que estaba convocada una concentración en la Plaza Brión de Chacaíto para la sesión parlamentaria especial, la actividad se convirtió en una marcha a la sede de la Defensoría del Pueblo, su objetivo era exigirle al defensor del pueblo que rechazara las decisiones del TSJ que atentaban contra el Parlamento. La marcha fue reprimida con bombas lacrimógenas y perdigones por la Guardia Nacional Bolivariana y la Policía Nacional Bolivariana y los manifestantes se vieron obligados a tomar rumbo a la avenida Libertador, donde también fueron dispersados. Hasta altas horas de noche, la represión se extendió a varios puntos del este de la ciudad, entre ellos, la Alameda, La Campiña, Sabana Grande, La Florida, las Mercedes, Bello Monte y Chacaíto.

Al día siguiente un líder opositor señaló: *"las «protestas seguirán hasta que se restablezca el orden constitucional, se le devuelvan las competencias que le corresponden al Parlamento, se abra un canal humanitario para recibir medicinas y comida, y se logre la liberación de presos políticos"*. Así mismo, la oposición convocó a marchar desde Plaza Venezuela hasta sede de la AN, para exigir la destitución de los magistrados del TSJ que dictaron las sentencias, que dejaron sin inmunidad parlamentaria a los diputados y quitaba las competencias al Poder Legislativo. Esa marcha no pudo realizarse, debido a la presencia de tanquetas antimotines de la GNB que bloquearon la vía y, cuando intentaban tomar una vía alterna para llegar a la Asamblea, los dispersaron con gases lacrimógenos.

Esther, Andrés, todo ese escenario descrito obliga a pensar que, de seguir las cosas como van, al terminar el 2017 la situación del país será aún peor. El hambre se incrementará y debo decirles que éste es un factor de insurrección muy fuerte. De tal manera que estas protestas, donde ustedes están participando, eran previsibles, lo que no estoy seguro es que logren su objetivo. Perdonen mi franqueza, pero no veo que el régimen, con dos aliados fuertes como la trampa judicial y la violencia armada, pueda ceder ante las protestas de calle, como aspiran ustedes.

El mundo entero conoce sobre lo que, sin dudas, es la crisis más profunda que jamás se había dado en Venezuela en lo político, económico y sus terribles consecuencias sociales. Ya desde el 2013, el país tiene el record de la inflación más alta del mundo, que este año se ubica por primera vez en el rango de lo que los expertos definen como hiperinflación. La recesión se mantiene en su tercer año consecutivo y las reservas del país han caído a su más bajo nivel. Ante este panorama era previsible la escases de alimentos, y otros productos de primera necesidad, el grave deterioro de los servicios públicos, resaltando la aguda emergencia del sector salud, ha tenido terribles consecuencias en la vida del venezolano.

En lo político hay que señalar que tras la victoria de la oposición en las elecciones parlamentarias de diciembre de 2015, se profundizó la polarización entre los dos mayores bloques políticos, representados por el gobierno y su partido PSUV y la opositora MUD. Esa pugna se manifestó durante muchos meses en la lucha por un referéndum, por parte de la MUD, para revocar el mandato del presidente, previsto por la Constitución bolivariana de 1999, y su suspensión por parte del CNE, que agudizó la crisis política. De tal manera que, lejos de buscar una solución al problema, se podía otear un año 2017 de mayor conflictividad.

Les he dicho las cosas, mayormente como analista, pero siempre de corazón, tratando de expresarlas con suficiente claridad; mi mayor esperanza es que hayan comprendido todo lo que les he comunicado, pero me gustaría agregar un punto final. En una conferencia que pude asistir en Mérida, escuché al padre Luis Ugalde señalar que: *"...el país no puede entrar en una transición sin un apoyo de las Fuerzas Armadas"*. Esa expresión del padre me dejó muy preocupado, porque no conozco ninguna intervención de las FFAA, sin derramamiento de sangre. De eso si tenemos experiencia en Venezuela, y bastante. Hay quienes sostienen que el discurso hacia la Fuerza Armada debe ser conciliador, pero pienso, y es muy probable, que las cúpulas militares ya hayan llegado más allá del punto de no retorno en su apoyo al chavismo y sientan que no puedan salir bien libradas de esta situación, por lo cual su mejor opción es sostener el régimen. Esa es mi gran preocupación, les confieso.

Por varias horas los jóvenes escucharon a Jesús y sus explicaciones, además prestaron mucha atención a su análisis, y en muy pocas ocasiones lo interrumpieron. Estaban totalmente absortos ante la exposición del profesor, pero en sus mentes gravitaban los hechos que estaban viviendo. Esther no pudo ocultar su inmensa tristeza y las lágrimas empapaban su rostro. Por su parte, Andrés pensaba en los miles de jóvenes que, como ellos, enfrentaban diariamente a las fuerzas de seguridad del estado, y a los colectivos armados, de una manera, que según él, era tan racional, tan seguros de tener la razón y con tanta valentía, que exponían hasta sus vidas en esos enfrentamientos.

Andrés apretaba la mano de Esther intentando consolarla. La sentía destruida, con un inmenso dolor reflejado en su rostro. Ella, al igual que Andrés, estaba convencida y veía en las protestas la única vía de un cambio de gobierno en lo inmediato. Pero la exposición de su papá hizo que el fantasma del fracaso se insertara en su mente. La duda se apoderó de ella.

Finalizada la reunión, Andrés se despidió con el compromiso de buscar a Arturo para que le contara al profesor, su versión de lo que vivió cuando se fue del país.

No era fácil ahora para aquel joven inyectarle nuevos bríos a Esther y convencerla que lo dicho por el profesor sobre las expectativas políticas para el 2017, no tenían que ser cien por ciento ciertas. Lo que si era, irremediablemente verdad, era la catástrofe económica que se esperaba para ese año, pero eso podría ser un arma a favor del cambio, pensó Andrés.

Ambos llegaron a la planta baja y se despidieron, no sin antes, y a modo de consuelo, Andrés le dijo:

—Chama, protestar es un derecho plasmado en la Constitución y como hemos visto es el reflejo del rechazo a un gobierno incapaz, es el derecho que tenemos los ciudadanos de este país de rebelarnos cuando nos vulneran nuestros derechos a la vida, a nuestras pertenencias, a la libertad; cuando la represión de quienes deben defendernos, por el contrario, nos masacran sin compasión, cuando la miseria azota en nuestras ciudades y campos, cuando son pésimos los servicios públicos, pulula la anarquía y la hiperinflación se desata, al punto que aumenta el desabastecimiento y las necesidades, cuya única respuesta es la indiferencia, la amenaza y la burla de los mandantes, que con limosnas y migajas pretenden acallar el grito desesperado de un pueblo ya cansado de la ineptitud y torpeza de quienes gobiernan.

Finalmente, Esther, como volviendo en sí, le dijo.

—No te preocupes, hay que seguir luchando, no podemos dejar colgados de la brocha a tantos panas guerreros. Nuestro deber es seguir, ya veremos lo que sucede. Y con un beso lo despidió.

Durante dos días Andrés buscaba sin cesar a Arturo, hasta que logró encontrarlo en la Plaza Altamira. Le solicitó la reunión y este accedió de buena manera. Inmediatamente lo puso al celular con Jesús y acordaron reunirse en un pequeño restaurant, en Chacaíto, propiedad de un español muy amigo de Jesús. Se citaron para el día siguiente, en horas de almuerzo.

Arturo llegó puntual a la cita, acompañado de Andrés, según lo convenido. Luego de las presentaciones usuales le agradecí a Andrés por sus buenos oficios, y a Arturo por acudir al encuentro.

Enrique, el español dueño del restaurant, se acercó a saludar muy cordialmente, recordando todos los años de amistad que ha tenido con Jesús, desde que su padre vivía. Sin titubear les ofreció el plato del día, una paella, y tomó la nota respectiva.

Arturo, aupado por Andrés inició su intervención.

—Señor Jesús, ya Andrés me contó su interés en saber cómo se bate el cobre cuando uno decide irse. La pesadilla comienza aquí mismo en nuestro país, al tratar de conseguir constancias notariadas de tus títulos en los registros y notarías. Ya eso es suficientemente rudo. Tienes que pararte de madrugada y hacer tremenda cola, no siempre consigues número, pero te encuentras a los zamuros, que son una especie de gestores que te venden el puesto y, claro, dicho puesto no te asegura que te van a atender, porque siempre se va la línea y no hay conexión de internet, esa es la excusa que siempre te dan cuando has perdido todo el día esperando que te atiendan, y desde la madrugada en esa fila.

—Trataré de no hacerle este cuento largo, pero le juro que es muy rudo. Ahora, lo más duro fue dejar a mis padres, bueno la verdad es que ellos son mis abuelos, pero fueron los que me criaron desde que mamá se fue. Son personas ya mayores, pero el viejo es fuerte como un roble, él me dijo:"…*anda hijo, anda a buscar tu futuro, aquí no hay nada que buscar, este país se jodió*". Eso fue lo definitivo para emprender ese viaje.

El día que dejaba a su Caracas, Arturo se despidió de sus abuelos con un abrazo, que parecía que nunca terminaba, realmente estaba abatido, compungido y triste. Tomó el autobús, y a penas se sentó, lloró por un largo rato, casi hasta llegar a Maracay, estado Aragua.

Prácticamente no conoció a sus padres; fue criado por sus abuelos paternos a quien nunca llama abuelos para él simplemente son su papá y mamá.

Arturo era el menor de cuatro hermanos, era un hijo nacido de una relación furtiva de su padre con una muchacha colombiana que trabaja de doméstica en la casa de una familia en La California Sur. Tenía apenas cinco años cuando quedó huérfano de padre, apenas lo conoció y un lejano recuerdo guardaba de él. Supo que a su padre lo mataron en un atraco al subir las escaleras del barrio, en Petare, fue por negarse a pagar el llamado *peaje* a unos malandros. Su madre había regresado a su país hacía más de 15 años, un año después de la muerte de su padre, cuando la situación del país comenzó a cambiar; había perdido todo contacto y nunca más supo de ella, solo sabe que regresó a Ocaña, Colombia, ciudad donde nació. También sabía que se llamaba Aleyda. Dicen que se fue con un paisano de ella que trabajaba la albañilería aquí en Caracas, y supuestamente viven juntos allá y tienen varios hijos. Ella nunca mostró interés alguno en saber de su hijo Arturo en Venezuela, según sus abuelos.

Arturo no pudo completar bachillerato y se dedicó al deporte, sobresalió en atletismo, llegando a representar al país en varias ocasiones, pero una fractura de fémur, al caerse de una moto que él tenía, lo sacó de ese deporte. Había tomado cursos de electrónica y se dedicaba a reparar equipos de computación y celulares. Sin dudas, pertenecía a esa clase de muchacho pobre pero muy sano a pesar del ambiente de crianza. Como la situación de su negocio se puso muy difícil, resolvió irse del país. Sin embargo, después de llegar a Cali se vio obligado a regresar por los problemas de sus queridos abuelos. Había vivido en carne propia la experiencia de emigrar, sin dinero suficiente.

—Ya Andrés me advirtió lo de las malas palabras que a usted no le gustan, así que le pido disculpas por si se me escapa alguna. Para empezar, debo decirle que lo normal son más de catorce horas, en autobús, para ir desde Caracas hasta San Antonio del Táchira, pero generalmente puedes tardar hasta 18 o 20 horas, depende de la línea y de las condiciones del bus. Esos autobuses salen repletos de Caracas, algunos completan los cupos en Maracay o Valencia, pero siempre llenos; familias completas toman esa ruta. Al llegar a San Antonio tienes que calarte tremenda cola para el chequeo en emigración de Venezuela. Ahí fácilmente te puede agarrar toda la mañana o la tarde, antes de hacer cola para cruzar el puente. La GN de Venezuela te revisa las maletas, te desordenan todo, siempre buscando dólares, pues según ellos eso es contrabando de divisas o cualquier *güevonada* que te inventan para quedarse con los pocos *churupos* que lleves. Con ellos uno siempre anda asustado. Al cruzar viene el otro *vía crucis* que es hacer la cola para migración Colombia, fácilmente se te va todo el día en ese trámite. Estamos hablando de si te vas por la vía legal con tu pasaporte y los papeles, todo en regla. Porque por la trocha es otro cuento. Los que toman ese atajo se la ven muy fea y pasan el trabajo que jode. Migración Colombia queda ahí mismo, en la Parada, sitio donde pululan todo tipo de individuos, mafias y gente que se busca la vida cargando maletas y bultos en carretillas que van y vienen a los dos lados del puente. Si quieres salir más rápido de la inmensa cola, tienes que bajarte de la mula con cuarenta mil pesos colombianos para que te sellen el pasaporte, y claro, funciona. Ellos te indican cuál cola y cuál casilla debes buscar para que te atiendan. Toda una mafia, pues allí es donde come el zamuro y el funcionario, que también zamurea. En este lugar te llegan vendedores de todo tipo, con ofertas de viaje a cualquier país vecino en autobús.

—Hay quienes compran oro, dólares, hasta te compran el pelo, sí señor, la cabellera completa, todo tipo de negocio, conocedores de nuestras necesidades y desgracias como migrantes. Por cierto, Yilda, una estudiante y amiga del barrio, tuvo que vender su hermosa cabellera para poder tener un dinero extra durante el viaje. Ahí mismo vienen los que te ofrecen viajes en autobús para Ecuador, Perú, Chile, Argentina, y cualquier parte de Colombia. Los precios varían según la línea de transporte. Por la vía ordinaria los precios desde el terminal de Cúcuta también varían y la duración final dependerá, por su puesto, del país de destino, de las paradas del bus en la ruta, tiempos de descanso, peajes y el trámite en los pasos fronterizos. Un viaje a Ecuador, por ejemplo, le cuesta a usted hasta Quito 800 mil pesos, y son más de 30 horas; si es hasta la frontera vale unos 650 mil pesos. Ahora bien, los requisitos son ladillúos, fastidiosos pues. Le piden cédula de ciudadanía o pasaporte y le permiten un equipaje de 20 kg en bodega y 5 kg en mano. En nuestro caso, no nos piden pasaporte, con la cédula nuestra es suficiente. Por eso mucha gente que no sella el pasaporte en Venezuela, por razones políticas, usa este medio de transporte. El problema es que si no sellas la entrada a Colombia, previo el sello de salida de Venezuela, no puedes viajar en avión internamente en Colombia, y menos internacionalmente. En el bus por sobrepeso te suman 8000 pesos. El rollo se presenta cuando viajan menores. Fíjese: menores de 2 años pagan el 10% del valor del tiquete, sin derecho a silla y 10 kg de sobrepeso; entre 2 y 4 años 50% del valor del tiquete, con derecho a silla, y 15 kg de equipaje y alimentación. Mayores de 5 años pagan el 100% del valor del tiquete, derecho a silla y 25 kg de equipaje. Todos los menores deben llevar permisos notariados de los padres, registro civil o tarjeta de identidad y pasaporte. Son muy pocos los venezolanos que cumplen con esos requisitos. Claro, desde la Parada le cobran más y le arreglan cualquier *cable pelao* que usted tenga, todo vale plata. Así varían todos los costos. Hay líneas que cobran hasta Perú 850 mil pesos, unos 950 mil pesos hasta Chile en un viaje que dura hasta una semana y para la Argentina le cuesta un millón de pesos colombianos. Todos son viajes matadores, claro que nunca pueden compararse con el viaje a pie.

La Parada, situada a solo 15 minutos en carro de Cúcuta, es un sitio donde se manifiestan todos los males de ambos países, y quizás una de las zonas de más actividad de todas las fronteras de la América Latina. La zona la disputan grupos armados organizados y delincuenciales que mantienen una férrea lucha por su control. El tráfico de drogas, la explotación sexual y laboral, la extorsión y el contrabando, son el *modus vivendi* de este lugar.

Según estimaciones de la Alcaldía del lugar, en La Parada, que ocupa alrededor de 20 cuadras, actualmente tienen que lidiar con una población flotante que muchas veces supera a las 40.000 personas diarias, donde antes circulaban, como máximo, unas 2.000, lo que agrava más la situación del lugar. Sin embargo, la realidad es que en La Parada se presentan dos realidades: la de la inseguridad y el peligro, y la humanitaria y de servicio, pero ambas piden auxilio.

El problema se incrementa por la dificultad de estimar el número de personas que ingresan al lugar por medios ilegales, usando trochas. Mucho buscan el permiso para entrar legalmente al país, pero una gran cantidad lo hacen por otras vías, por sitios ilegales y peligrosos. Mojados, llenos de lodo y con el dolor reflejado en sus rostros por tener que dejar su patria, logran su primer objetivo: llegar a territorio colombiano. Muchos se pierden entre los matorrales, ocultándose de las autoridades, jugándose las formas para cruzar. La gran mayoría de los migrantes son jóvenes, personas menores de cuarenta años. Casi todos abandonaron sus trabajos en Venezuela debido a que lo que ganaban no les alcazaba para comer.

Esos migrantes que atraviesan los atajos se encuentran al llegar a La Parada con un mercado a cielo abierto, cuyas calles parecen laberintos estrechos, enmarcados por toldos de comercio informal, y que parecen una oferta mejor para ellos. Sin embargo, este es un sector de la población que resulta mucho más vulnerable a todos los vicios mencionados del lugar.

La policía, dice el defensor regional de Norte de Santander, hace lo que puede. Son muchos los derechos que logran ser violados en La Parada. *"Con el trabajo de la Defensoría logramos realizar un camino humanitario para que los niños que vienen de Venezuela a estudiar puedan hacerlo con seguridad, lo mismo para los menores de edad que tienen que hacerse tratamientos médicos. Pero hay muchas vulnerabilidades"*.

Un actor importante en este sórdido lugar es el *trochero*, quien seguro de su fuerza combina su petición con una mirada amenazante. Sabe que, como él, cientos de personas se pelean a diario por acarrear las mercancías de quienes quieren cruzar la frontera y llevar víveres a San Antonio del Táchira, en Venezuela. Al final, los trocheros se reparten los cargamentos en un ambiente cargado de una normalidad muy frágil. Basta con que alguno sienta que no respetan su turno o que lo miran mal para que se desate una riña de golpes, puñaladas, algunas veces tiros. En medio de la confusión, la gente corre a resguardarse mientras la policía empieza a disparar perdigones para recuperar el control de una zona en la cual la fuerza pública no se da abasto.

A los trocheros se unen los carreteros, quienes solo trabajan acarreando paquetes y maletas para cruzar el puente internacional en ambas direcciones. Al igual que los trocheros, entre ellos la pelea es por dinero. No hay límites, pues se trata de una guerra mayormente silenciosa, pero a muerte. Se estima que los carreteros pueden ganar por trayecto 10.000 pesos y, como hacen varios al día, se calcula que cada día mueven 1.500 millones de pesos.

Quienes emigran de Venezuela buscando una vida mejor, al llegar a La Parada encuentran un lugar donde enfrentan graves peligros. De allí la necesidad de viajar en grupos. Quienes lo hacen por cuenta propia tienen mayor riesgo de caer en manos de delincuentes de todo género. La Parada es un sitio muy bullicioso donde se confunden los gritos de los comerciantes con las bocinas de los carros y la música a todo volumen de vallenatos, propia de negocios y bares del lugar. Solo el crimen permanece silencioso en ese lugar.

Es importante distinguir entre migrante permanentes y los que van y viene con cierta regularidad, pues se trata de poblaciones que requieren políticas diferenciadas, ya que el objetivo es facilitar el trabajo de los actores institucionales que tienen la dura tarea de ordenar el caos.

La parte humanitaria y de servicio se encuentra en el Puente Internacional representada por funcionarios de la ACNUR, la Cruz Roja, la Organización Panamericana de la Salud, la Unicef, el Consejo Noruego y la Organización Internacional para las Migraciones (OIM). Todas trabajan de forma articulada. Allí vacunan a los niños y prestan atención en medicina general. Ofrecen un servicio de baterías sanitarias e hidratación y orientan sobre las alternativas de regularización migratoria, entre otras actividades.

Enrique se apareció con un almuerzo muy español y los tres comenzaron a degustarla.

—Muy buena la paella

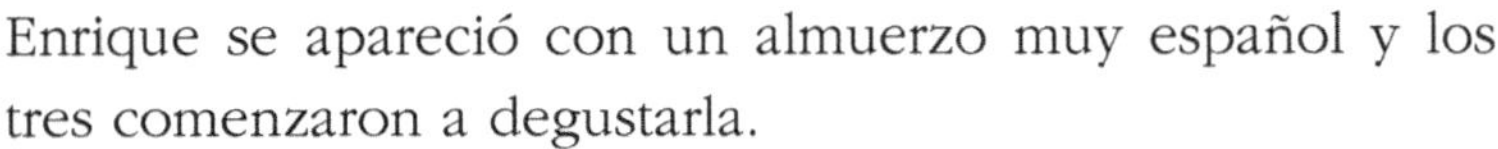

—dijo Jesús, y los jóvenes asistieron con sus cabezas. Optaron por comer y continuar la conversación al terminar.

Enrique se acercó nuevamente a la mesa de su amigo a preguntar si estaban satisfechos.

—Excelente Enrique, muy buena tú comida, pero no me vayas a castigar con la dolorosa cuenta.

—Tranquilo Jesús, que usted es viejo cliente y aquí lo tratamos bien.

—Dijo Enrique.

Al finalizar la comida, siguió Arturo narrando su experiencia.

—Luego de llegar a la Parada, nos juntamos siete panas, precisamente gente del barrio, Yoneiker y Caterine iban para Chile; Yuleydis y Goyo llegaban hasta Ecuador; Julieta llegaría hasta Perú, mientras que Karina y yo teníamos como meta Argentina. Como Yuleydis y Goyo no tenían suficientes pesos para pagar el pasaje, y no tenían idea de los gastos que les esperaba en Ecuador, tomamos la decisión de echarle bolas caminando junto a ellos hasta donde pudiéramos. Al fin y al cabo la mayoría de la gente que llegaba a La Parada en ese entonces, no tenía plata suficiente para pagar el bus.

—La meta inicial que teníamos Karina y yo en Colombia era llegar a Cali, así lo habíamos planeado. Por cierto, Karina y yo nos conocíamos desde hacía varios años y coincidimos en el bus desde Caracas, donde le manifesté mi intención de llegar hasta Cali y luego a Argentina. Por coincidencia, ella tenía el mismo destino y estuvo totalmente de acuerdo y nos unimos para compartir gastos en ese viaje. Sabíamos, y así lo sentimos, que podíamos acompañar a toda esta gente hasta Bucaramanga, y de allí tomar un bus hasta Bogotá. El tramo desde Cúcuta hasta allí, que en carro tardaría cinco horas y media, les toma a los caminantes dos o tres días en promedio. Se viaja en grupos de tres, cuatro, siete, nueve, catorce personas. Duermen en carpas, al borde del camino, en estaciones de gasolina o en paraderos. La ciudad intermedia es Pamplona, una parada obligada.

En el camino Karina le decía a Arturo: "*Yo le quiero preguntar al presidente y a Luzbeldado Rendón, ¿cuándo se han acostado ellos sin comer, ah? ¿Cuándo les falta harina pan o arroz en sus casas? ¿Por qué ellos haces esto contra nosotros? Estás acabando con nosotros, ojalá recapaciten antes de que sea demasiado tarde. Dios los tiene en la mira. Tiene que dejar a los venezolanos tranquilos, que se vayan a joder a otro lado esa cuerda de bandidos*".

Como era de esperarse, Arturo no tenía argumentos para consolar a Karina, solo le recordaba:

—¡Pa´lante chama! hay que resolver mientras esa situación cambie en Venezuela. Sé que allá sigue gente guerreando en las calles, Tengo esperanzas que eso cambie. Pero bueno, ya decidimos esto, y hay que seguir echándole.

—Lo que se puede ver es como una romería, señor Jesús, es un mar de gente tratando de escapar del hambre, haciendo escala por el cansancio de tanto caminar. Hasta que logran llegar a un destino final incierto, e inmediatamente buscar trabajo en lo que sea. Los que pueden pagar un bus deben tener efectivo suficiente, dependiendo el destino final. Si usted pudiera ver imágenes, fotos, que aquí no se publican en la prensa, se espanta, pues la gente huye aterrada de la miseria y Colombia se ha convertido en una salida de emergencia para nosotros.

Día a día salen miles de personas desde Cúcuta y llegan hasta Bucaramanga.

En una frontera tan extensa es tal la desesperación de los venezolanos que arriesgan su vida cruzando, de manera ilegal el río limítrofe entre los dos países.

Carmen, es una caraqueña de 56 años que cruzó el río con sus nietos y su hijo de 27 años, un técnico superior que trabajaba para una agencia automotriz. Ella vendió todas sus pertenencias en Venezuela así nos lo dijo: *"Vendimos casa, carro, electrodomésticos, todo, nos quedamos sin nada Allá nunca llega el agua. Todos los artículos suben, alimentos, medicinas, menos los sueldos que son de miseria, y un tambor de 200 litros de agua cuesta 150 mil bolívares, y el que no tenga, debe tomar agua de lluvia. Hasta agua del Guaire usan algunos, para bañarse y lavar ropa. La luz se va a cada rato, por eso se nos quemó el aire acondicionado, la nevera y la lavadora."*

En el camino, organizaciones ayudan y orientan a los migrantes, como la que está en el sector de Los Patios donde hay un punto de apoyo a los caminantes, como nos llaman en Colombia. Recuerden – dicen los funcionarios – *"que van desde aquí en Cúcuta a 34 grados hasta el páramo de Berlín a 8 grados, pero durante la noche la temperatura en el páramo siempre es bajo cero. Hay que abrigarse bien,* —advierten los funcionarios humanitarios—*Si se llegan a mojar, deben cambiarse la ropa. Al descansar, quítense los zapatos y las medias para evitar alguna infección y hongos, tienen que hidratarse constantemente, y tomar el agua no muy rápido, sorbos pequeños.* Es la Cruz Roja colombiana la que hace estas advertencias. Los caminantes escuchan atentamente a los funcionarios y luego siguen la marcha. Siempre llevan talco para proteger en algo sus pies en la larga travesía.

—De Cúcuta a Bucaramanga hay 196 kilómetros. Todos los días usted puede ver cómo miles de migrantes venezolanos recorren a pie ese largo camino, familias enteras con chamos y muy poco equipaje, desesperados, huyendo del hambre y buscando un refugio. Muy arrecha esa vaina señor Jesús. Usted se imagina lo que es aventurarse hacia lugares desconocidos con la esperanza de conseguir trabajo y enviar algo a los que se quedaron. ¿Abandonar tu tierra porque unos mal paríos se la cogieron y la arruinaron? Lo más arrecho es que no ves una solución a corto o mediano plazo. Estos puercos se aferran al poder así tengan que matar a su propia pure. ¿Quién podía imaginarse esta desgracia en Venezuela? Yo les he cogido arrechera a todos: al gobierno maldito y a los maricas de la oposición. Siempre con eso jueguito de la conversación y fíjese, la gente huyendo a como dé lugar de Venezuela.

—Perdone que se me vayan los tiempos, pero es que la arrechera es mucha. Volvamos a lo de la travesía. En promedio un caminante dura 10 horas en recorrer 50 kilómetros. Claro, eso sin ningún problema de salud. Pero debo decirle que hay organizaciones de venezolanos en Bucaramanga que han alertado sobre los graves riesgos de salud que padecen los migrantes que deben cruzar por el páramo de Berlín en la ruta que comunica a Norte de Santander con el sur de Santander. Ese es un paso obligado para los venezolanos y es una travesía que nos aterra por las condiciones del clima. Algunos han perdido la vida haciéndolo. Otros han tenido que renunciar a su intento, pero los que logran atravesarlo lo han convertido en un símbolo de libertad.

—Una chica que venía de Valencia, estado Carabobo, con seis meses de embarazo, hacía la travesía con nosotros. Karina temía por la chama, por el riesgo que había tomado, y le preguntó: ¿por qué te arriesgas a tanto, no te da miedo por ti y el bebé? La chama inmediatamente le respondió lo que todos sabemos: *"cómo voy a tener mi chamo allá si ustedes, que también andan huyendo del hambre y la miseria, saben que en Venezuela no hay alimentos ni medicina, y si se consigue uno no puede comprar un coño, prefiero tomar el chance, con la ayuda de Dios y la Virgen"*. Eso es cierto señor Jesús, ni pañales se consiguen, y un problema mayor es el asunto de las vacunas para los niños, no hay. Mucha gente viaja a Cúcuta a vacunar a sus chamos.

Algo que yo no sé si ha cambiado es la solidaridad de los colombianos. La gente es noble con nosotros, nos dieron comida, agua, refrescos y hasta algunos pesitos. Desde Cúcuta el primer descanso obligado, es en Pamplonita, Norte de Santander; se tarda a un día de camino dándole parejo. Allá nos dieron sopa. Ahí pasamos la noche y al día siguiente arrancamos para Pamplona que está a 75 km de Cúcuta y en bus se tarda como 2 horas y media, pero te cuesta 20 mil pesos colombianos por persona.

Otro día de largo camino y casi siempre los agarra la noche al llegar a Pamplona, Norte de Santander, donde unos venezolanos han tomado un colegio abandonado, como albergue para poder descansar, para no dormir en la calle. Cada noche llegan entre 300 y 400 venezolanos. Familias enteras que tienen que dormir en el piso. Cartones y algunos colchones viejos que algunos vecinos les han dado sirven de cama para pasar la noche. Sin agua, sin luz y sin baños. Se las arreglan para comer algo cocinado con leña.

En el colegio conocimos a Julia, una chama de Pregonero, estado Táchira, a quien la han ofrecido un trabajo en Bucaramanga y sueña con enviarle dinero a su mamá tan pronto cobre su primer sueldo. Trabajará como cachifa, pero a ella le parece muy bien, pues ya ese trabajo lo conoce bastante, al fin y al cabo, no pudo terminar primaria, que más puede pedir.

Lo que Julia nos contó es aterrador y da mucha tristeza y arrechera al mismo tiempo. Ella tiene 19 años, pero aparenta tener cuarenta. Ella vivía con un chamo mecánico que se marchó a Perú hace dos años. Resulta que el tipo se fue con otra mujer y dejó a Julia con dos morochas que acaban de cumplir tres años. Nos mostró las fotos de las niñas y no pudo aguantar su tristeza. Mientras lo hacía estalló. Ella trabajaba en el colegio de monjas del pueblo, limpiando y haciendo mandados, pero lo que ganaba no le alcanzaba ni para comer. Todas estaban pasando hambre parejo en su casa. Su madre, en este momento, está tendida en una cama, no se para ni para ir al baño, pues se fracturó la cadera y no tiene recursos para operarse, simplemente no puede caminar y se queja todo el tiempo del dolor. Su papá murió hace años cuando apenas era una carajita.

Julia se desesperaba ver a sus hijas llorar por hambre y cada vez más raquíticas, casi en el hueso y muy paliduchas. Tenían tres años y parecían tener dos, ya sus rostros mostraban signos parecidos a esos niños africanos que muestran las noticias y que son víctimas del hambre. Ella les daba agua con azúcar antes de acostarse, pero a las niñas las despertaba el hambre y las hacía llorar y llorar hasta que las volvía a vencer el sueño. Era ese llanto de hambre de las niñas que tanto atormentaba a Julia el que la obligó a tomar una decisión muy drástica, la que nunca toma una madre, a menos que se trate de preservar la vida de sus hijas. Fue un domingo en la mañana que Julia en un acto de desesperación se fue a la plaza del pueblo, frente a la iglesia y decidió regalar a sus hijas. Si, así como me está escuchando, regalar a sus hijas antes de que murieran de hambre. No estaba loca, era el desespero de una madre al ver a sus niñas a punto de morir de hambre. Ella no tenía nada que ofrecerles de comida, lo que ganaba en el colegio, apenas les alcanzaba para comer dos o tres días al mes, el resto era hambre pareja para todas. Con muchísimo dolor las ofrecía sin éxito a los que salían de misa esa mañana de domingo. Al mediodía, una pareja de agricultores que vive en una casa muy lujosa en la aldea de *Zaizayal*, justo a la salida del pueblo, más allá de *La Roca*, en la vía que conduce a La Grita, se presentaron ante la joven y se identificaron. La verdad es que la familia se acercó a Julia, ante la insistencia de su única y quinceañera hija Margarita, quien reclamaba a sus padres para que se apiadaran de esas inocentes y tomaran a las niñas como lo imploraba Julia. Tal fue el berrinche que armó Margarita, nos cuenta Julia, que esos señores decidieron llevarse a las niñas, sin papeleo alguno, para ayudar en su crianza, al fin y al cabo, ella estaba en Pregonero, a pocos minutos de sus chamas y siempre podía verlas. Lo único que les pidió Julia fue que las cuidaran, y se alejó totalmente destrozada y llorosa, como si el corazón se lo hubiesen sacado sin anestesia; un dolor inmenso se apoderó de esa chama, pero ella sabía que no podía más. Esperar era una muerte segura para esas criaturas, por más dolor que le causara se veía obligada a entregarlas a alguien de buena fe, para que las cuidaran hasta que ella pudiese ver de sus niñas; solo le aliviaba el pensar que esa tarde las niñas iban a comer, que se acostarían sin hambre. Ella decidió venirse para poder ayudar a su mamá, quien quedó bajo el cuido de una vecina, amiga de infancia. Las vio por última vez el domingo pasado. Hace una semana que pudo subir a Zaizayal y estuvo toda la tarde con ellas. ¿Usted se imagina esa vaina señor Jesús? A los que nos han llevado estos malparíos. ¿Usted cree que tengan perdón de Dios? Esa vaina si me tocó el alma, de pana se lo digo.

Julia también nos contó que en el colegio del pueblo, donde trabajaba, todas las semanas hacen actos de despedidas a los niños que se van del país junto a sus padres. Esto viene sucediendo desde hace meses, y cada vez el número de alumnos del colegio es menor. Esto también es aterrador señor Jesús.

Gertrudis, quien había llegado hacía unas horas a Pamplona y había escuchado a Julia contar su terrible historia, decía, pero con mucha arrechera: *"Ese señor nos tiene pasando hambre, los extranjeros no se imaginan la roncha que estamos pasando los venezolanos, no joda, cada tres meses es que llega una caja de comida, que para colmo esa vaina que la pagamos, pero no dura un carajo"*. Y sigue diciendo: *"Ayer me regalaron un pedazo de carne en vara, en Pamplonita. ¿Sabes cuánto tiempo tenía yo sin comer carne?, más de un año. Me da pena decir esto, pero es la verdad, que vamos a hacer"*. La situación, decía esta mujer, es insoportable. *"Fíjate ya no nos cepillamos con crema sino con jabón, o con sal. Ya no hay transporte, solo hay camiones que nos especulan y nos llevan como animales. El camionero te dice dame tanto, pà poderte montá, si no tienes, a caminar, no tienes otra"*

Al tercer día se llega a un refugio, antes de iniciar el ascenso al páramo. Es un alivio llegar al refugio de "Don Julio", ahí se puede pasar la noche, él recibe a todos los caminantes con una sopa de caraotas y arroz caliente. Este gran amigo tiene una Fundación y continuamente sube y baja por la vía. Ofrece techo y colchoneta para dormir sin cobrar nada. Dios bendiga siempre a Don Julio.

Ahí pasas la noche, se escuchan toda clase de historias. Chamas que son madres solteras y no tenían ni para comprar los pañales a sus hijos, y que los dejan en Venezuela al cuidado de otros familiares, con lágrimas en los ojos cuentan, al igual que Julia y Gertrudis la terrible pesadilla que han vivido y siguen viviendo. Para muchas es una verdadera fortuna poder comunicase por internet con sus chamos y poder verlos en sus teléfonos después de tantos días de caminata.

Cuando llega el momento de empezar a subir el Páramo de Berlín, el clima, como siempre, cambia de un momento a otro; la niebla no te deja ver a tus hermanos venezolanos. Este es el desafío más grande. Un frío intenso te atrapa y se te mete hasta en los huesos. Te invade un miedo inmenso por todo lo que te han contado. Una cosa es que te lo digan, otra cosa es estar ahí. Es muy rudo hermano. Pasarlo solo es una locura, por eso puedes ver grupos de siete y hasta veinte personas cruzando este páramo. Entonan el himno nacional para darse ánimo. Aguardan la entrada al páramo con mucha incertidumbre.

Leo va a un segundo intento para pasar el páramo. Ya en la primera oportunidad lo hizo con su hijo de dos años, muy desesperado, se atrevió a cruzar de noche en un camión, y, luego de varios kilómetros recorridos, pensó que el niño se había quedado dormido por el cansancio, pero al tratar de despertarlo para darle una bebida que llevaba en un termo, se dio cuenta que no reaccionaba, lo agarró y le daba cachetadas para que se despertara y nada, hasta que le pidió al chofer que lo pasara para la cabina por un rato y el chamo revivió, pero ya estaba casi muerto, había sido afectado de hipotermia.

Miles son las historias que los venezolanos tienen relacionado con su paso por el páramo de Berlín.

El grupo nuestro era de siete y veníamos marchando juntos desde Cúcuta. Sabemos que ya han muerto de hipotermia en esa travesía unos 17 venezolanos, pero no queda otra que cruzarla a pie. Los camioneros no se paran, tienen temor a que los detenga una patrulla del control de tráfico de carreteras y los acusen de tráfico de personas, lo que es muy grave en Colombia; o lo más probable es que nos detengan y envíen de nuevo a Venezuela, cosa que nos aterra a todos.

El frío es insoportable, muchos usan cobijas sobre sus ropas, y todos ruegan que no llueva. La consigna de todos es *!volver, es la muerte!*. Aquí lo que siempre se hace es seguir las recomendaciones de los lugareños y de la Cruz Roja; además, hay que comenzar a caminar temprano en la mañana, a eso de las siete, con la esperanza de hacer el cruce antes de las tres de la tarde. Son unas ocho horas sin parar, pero muchos tardan hasta diez horas, pues ya vienen golpeados de tanto caminar. Pararse a descansar en pleno páramo es fatal, a menos que el cansancio te agote y no tengas más remedio que pararte unos minutos.

Una vez pasado lo peor, desde lo alto se divisa Bucaramanga, primer destino para algunos, realmente para muy pocos. Te encuentras con una parada obligada antes de llegar a la ciudad. Se trata de un pequeño kiosko a orillas de la carretera, muy visitado por los camioneros. Es una venta de café. En él sientes que has llegado al mismo cielo, pues allí tomas café y puedes comprar una especie de empanada, que allá llaman *ballunas*[3] y que te reaniman y con la que repones energías, por solo tres mil pesos, para seguir bajando hasta la ciudad.

---

[3] Pastel de yuca que contiene arroz, carne molida y huevo.

Bucaramanga es una ciudad de más de 500 mil habitantes, con un clima excepcional, con una temperatura cuyo promedio muy agradable, que alcanza los 24°C. Es una ciudad turística a la que ha llegado ya mucha gente, y no precisamente turistas. El efecto de la migración de venezolanos ha sido el colapso de los y servicios públicos. Esto ha causado que los vecinos se quejen constantemente por los programas de radio, la mayoría con mucha razón, pues se sienten acosados ante la llegada, en muy poco tiempo, de miles de ciudadanos venezolanos que vienen escapando del hambre y la miseria en su país. Solo hay que pasearse y poder ver la impresión que causa al constatar cómo el "Parque del Agua", un sitio muy iluminado y bonito de la ciudad, se ha convertido en un albergue, a cielo abierto, en una ciudad improvisada donde pasan la noche miles de caminantes venezolanos de todas las edades, hombres, mujeres y niños que han llegado ahí, sin bañarse y adoloridos, después de varios días caminando por la intemperie. Sin facilidades sanitarias hacen sus necesidades en los alrededores. Muchos han improvisado carpas para dormir, pero la bulla es muy fuerte y solo el extremo cansancio les permite, a duras penas, conciliar el sueño. Allí puedes ver a algunos haciendo plantillas de cartón para evitar dolencias en los pies. Zapatos desgastados y ropa maloliente es uno de los rasgos que distinguen a estos desesperados venezolanos.

Es un hecho conocido por sociólogos, que los flujos migratorios producen una serie de consecuencias relacionadas con los países, tanto de origen como los de destino. En el país de origen es posible que disminuya el conflicto social y político al emigrar una masa importante de la población productiva. Así mismo, se sostiene que, en ocasiones, los niveles de desocupación y de descontento, disminuyen.

En el país receptor aparecen signos inequívocos de rechazo, desatándose un incremento en la competencia laboral y el surgimiento de nuevos cordones de pobreza, violencia e inseguridad que, generalmente, conducen al aumento de la discriminación y la xenofobia.

Son familias completas que abandonan Venezuela. Muchos niños inocentes tienen que pasar esta tragedia que ya alcanza a millones de venezolanos.

Yoneiker, un niño de doce años nos dijo, entre sollozos: *"En la Escuela ya casi no tenía amigos, porque todos se han ido. Ayer dormimos frente a una panadería, y todo por culpa de ese señor que está de presidente. A veces pienso que es señor no siente piedad de nosotros pues hemos sufrido de todo, hambre, acostarnos sin comer, allá no puedes hacer nada, Me tuve que montar en un camión de basura todo sucio, para avanzar en el camino. Allá no hay oportunidades, yo soñaba con ser ingeniero"* Ya con lágrimas en sus ojos nos cuenta: *"Yo antes llegaba de la escuela y podía ver televisión, aquí no tengo nada. A veces estoy súper cansado, tengo mareos, me duele el estómago y no les digo nada a mis padres para no mortificarlos. Es arrecho caminar sin saber a dónde vas. Ayer dormí al frente de una casa. ¿Ustedes creen que nos gusta esto? ¿Ustedes creen que esto es justo?"* Sin dudas, ese niño vino detrás de un sueño, pero extraña a su casa y a su tierra. Acotó Arturo.

De Bucaramanga, Karina y yo, decidimos seguir en bus hasta Bogotá. Nos encontrábamos a unos 400 km de la capital de Colombia. Algunos viajeros, muy pocos, se quedaron en Bucaramanga, otros continuaban a pie a otras ciudades colombianas, pero la mayoría buscaba llegar a los países vecinos. Desde Bucaramanga el bus tarda casi 9 horas y debes pagar, como mínimo 64 mil pesos colombianos por persona. Ese día salimos a las 8 am y llegamos a Bogotá a eso de las 9 de la noche. En Bogotá buscamos un hotel barato, cerca del terminal Salitre, recuerdo que pagamos 21 dólares por una habitación con desayuno incluido. El hotel fue nuestro mayor gasto en todo el recorrido por Colombia, pero sin duda creo que nunca había hecho una inversión tan fina, pues teníamos días sin bañarnos en un baño decente y menos con ducha caliente. Además, estábamos tan cansados que nos costó pararnos al otro día. Fue un gran alivio poder acostarse en una cama verdadera y confortable tras tantos días de camino. Solo recuerdo que antes de dormir esa noche hice un gran esfuerzo, por lo cansado del viaje, y llamé a mi amigo Saúl en Cali. Saúl es un venezolano de madre caleña que se crio en Venezuela, desde niños nos hicimos buenos amigos. Su familia completa decidió regresar a Cali, de eso ya hace 6 años. Saúl y yo crecimos juntos en el mismo barrio, fuimos a la misma escuela y todo el bachillerato lo hicimos en el mismo liceo. Desde que se marcharon hemos estado siempre en contacto, y él siempre insistiendo en que lo visitara, me dice que allá vive muy bien. Al día siguiente viajamos a Cali. En promedio el bus demora 11 horas en llegar a Cali y el costo varía entre 50 y 70 mil pesos, dependiendo de la línea que se escoja. El recorrido es cercano a 500 km. Salimos del hotel y caminamos hasta el terminal, unos 2 km aproximadamente. Casi perdimos el bus, pues nos levantamos tarde y había que estar allí dos horas antes. Afortunadamente el día anterior, apenas llegamos, compramos los boletos en la taquilla. El bus arrancó a las 8 am y llegamos a Cali pasadas las 7 pm. Otro viaje matador, claro nada comparable con la marcha a pie de nuestros hermanos venezolanos por no disponer de dinero para pagar estos viajes en bus.

Mi alegría fue inmensa al ver a Saúl, quien nos esperaba en el terminal, luego de abrazarnos le presenté a Karina, a quien saludó con mucha cortesía. Que alegría volver a encontrar a este amigo, no solo por lo que estamos viviendo en Venezuela, sino por la oportunidad de compartir con el amigo de hace tantos años, lo vi ya con unas pronunciadas entradas que anunciaban una calvicie prematura, pero muy robusto y alegre, como siempre. Me contaba que se había casado y tiene una bebé de 8 meses; además, tiene un buen trabajo y acaba de comprar un apartamento en Cali. Me dio razón de sus padres y hermanos, todos muy bien, totalmente adaptados a la vida en Colombia y con sus papeles en regla. Saúl nos llevó en su carro hasta su casa.

Al día siguiente nos llevó a Jaunchito, un sitio en la ciudad que nos hacía recordar mucho a nuestro Petare, por la rumbas de salsa que se escuchan. Para colmo era sábado y todo había comenzado desde temprano. Nos contaba Saúl que Cali es una ciudad ideal para vivir, la gente es amable y el clima muy agradable. Saúl también nos habló de oportunidades de trabajo en Cali. Lo que nos gustaba mucho era la comida. Dios, comimos hasta reventar. Saúl vive en el barrio La Flora, en Colombia le dicen barrio pero eso de barrio no tiene nada, es tremenda urbanización y el compró en un edificio, cuando estaba en proyecto, y le salió mejor. La verdad es que el chamo vive muy bien allá.

El compromiso era quedarnos con Saúl hasta planificar nuestro viaje a Buenos Aires, eso no debía tardar más tres semanas según nuestras estimaciones.

A las dos semanas de estar en Cali traté de comunicarme con papá, pero no me caía la llamada. Intenté y me comuniqué con un pana del barrio; coño, me contó todo lo que había pasado con mis viejos. Le juro que, en ese momento, sentí que el mundo se acababa para mí. Después de tantos sueños y pasar todo lo que había pasado, de pronto se me cambió la vida. Tenía que decidir entre seguir con Karina hasta Argentina o regresarme para Caracas. Esa noche no pude dormir.

Temprano al día siguiente hablé con Karina y le expliqué la terrible tragedia que se me había presentado, analizamos la situación y le pedí que siguiera ella, que luego, quizás en pocos meses, después que ella se estabilizara y tuviese un trabajo fijo allá, yo podía arrancar y encontrarnos de nuevo. Lo que no podía hacer era dejar a esos viejos míos colgando, sabiendo que me necesitaban. No voy a entrar en detalles del problema, porque seguro Andrés le contó lo del infarto de mi pure y la situación de mamá con su enfermedad. Lo bueno es que Karina entendió mi situación, eso sí, con mucha tristeza y toda llorosa por mi desgracia, pero sabía que tenía que llegar y siguió su rumbo hasta Argentina. Por cierto, nos mantenemos en contacto, casi todos los días hablamos por WhatsSpp. Hasta ahora le va bien, ya está trabajando en una fábrica de ropa y le pagan bien, gracias a Dios. Bueno, y aquí me tiene usted, asistiendo a mis viejos y guerreando con estos chamos para ver si podemos salir de esta pesadilla. Lamento que se ha hecho tarde, pero creo que le conté lo más importante de mi experiencia en ese viaje aventurero.

—Ok. Señor Jesús, espero tenga una idea de lo que
es salir de este país sin dinero. Ahora se lo puedo contar,
pero vivirlo es otra cosa, no se lo deseo a nadie. Ahora tengo que irme, y gracias por la papa.

El joven se despidió de Andrés, no sin antes recordar-
le: *"mañana nos vemos, tú sabes dónde"*. Hasta luego señor
Jesús. Y tomo el metro, vía Palo Verde, rumbo al barrio.

Con Andrés volvimos a la urbanización y en el camino ambos comentamos la experiencia de Arturo, ahora con una visión más clara de ese fenómeno social llamado emigración, nunca antes visto en Venezuela.

Con el pasar de los meses la migración de los venezolanos ha cambiado por las estrictas medidas que han tomado las autoridades colombianas, dada la falta de dinero de los migrantes que hasta arriesgan sus vidas caminando desde Cúcuta a otras ciudades del país vecino y a otros países.

Hay que recordar que inicialmente la migración fue mayormente de profesionales, gente de PDVSA, la estatal petrolera, quienes fueron expulsados de sus trabajos por el mismo presidente durante la trasmisión de un programa televisado y con un pito que sonaba al momento de nombrar uno a uno, los iba despidiendo. La alarma cundió y el deterioro de la calidad de vida de los venezolanos se empezaba a notar. Este fenómeno social afectó seriamente a las universidades, centros de investigación y educativos en general. El sector salud se vio muy afectado, fue impresionante la cantidad de médicos y sanitaristas que abandonaron el país y sus puestos de trabajo, en los distintos hospitales y clínicas de toda la nación. Además, muchas empresas se vieron afectadas en su planta de profesionales. En un momento se decía que Venezuela, antes exportaba petróleo y ahora lo que exporta es talento. Ciertamente, muchos de los profesionales que se fueron, ahora contribuyen al desarrollo de otros países. Hay que destacar que gran parte de los profesionales son egresados de las mejores universidades del mundo gracias a los programas de formación en el exterior que implementó la democracia.

Un ejemplo inicial es el repunte que ha tenido la industria petrolera colombiana con la llegada de profesionales venezolanos, muchos de ellos formados en los mejores centros de estudios del mundo. También México, USA, Canadá y los países árabes se beneficiaron y se siguen beneficiando de esa emigración altamente calificada.

Andrés, —¿tú te imaginas el impacto social que se espera cuando los jóvenes abandonan a un país? Debo indicarte que la población decrece, pero además, quienes se marchan, en su gran mayoría, son personas en plena edad reproductiva y, seguro, formarán familias en otros países. Ya hemos visto, por lo que te contó Julia y el mismo Yoneiker, cómo la población escolar se ha venido reduciendo. Ese es un simple ejemplo de lo que nos espera. De no detenerse ese drenaje poblacional tan acelerado del país, terminaremos con un país de viejos, y con escuelas cerradas, por falta de alumnos. Como bien sabes, un país con altos índices de migración, es un país muy frágil desde todo punto de vista.

Finalmente me despedí de Andrés, con el compromiso de vernos al siguiente día en horas de la tarde. Realmente, como también yo, quedamos impactados por las palabras de Arturo, pues la narración de los hechos que hizo el joven, coincidía en gran medida con los estudios de este fenómeno social que realizan, de manera conjunta universidades, organizaciones oficiales de Colombia e instituciones religiosas de ambos países cuyas publicaciones y conclusiones preliminares llegan a mi memoria.

Venezuela tiene frontera con Brasil, Guyana y un conjunto de islas del Caribe, todas ellas como potenciales sitios de salida de los emigrantes venezolanos. Entre todas, lo que más resalta es una inmensa línea fronteriza de más de 2.000 kilómetros con Colombia que tocan puntos importantes en los estados Zulia, Táchira, Apure y Amazonas, siendo el más transitado y movido el de San Antonio del Táchira, colindante con el Departamento Norte de Santander (Colombia), cuya capital es la ciudad de Cúcuta.

La prensa internacional señala que en las fronteras con Colombia y con Brasil han aparecido ciudades de tiendas de campaña. Están repletas de viajeros exhaustos que huyen de Venezuela. Algo inexplicable para un país que tiene las mayores reservas de petróleo comprobadas en el mundo.

Ciertamente, como le había señalado a Andrés, hay un elemento que obliga a reflexionar sobre este inédito fenómeno migratorio por el impacto que a futuro tendrá sobre la sociedad venezolana. Se trata de la marcha de venezolanos altamente calificados que ha costado mucho al país formarlos, y que nos dejan en condiciones de mucha vulnerabilidad y fragilidad ante los inminentes cambios sociales, científicos, tecnológicos y culturales que suceden actualmente a nivel mundial.

Luego el problema migratorio se trasladó a las clases más necesitadas, convirtiéndose en un serio problema social en Venezuela, pero de impacto regional y mundial. En la actualidad es difícil encontrar a una familia venezolana que no tenga, por lo menos uno de sus parientes, en el exterior.

Según datos de los organismos internacionales, se trata del mayor éxodo migratorio en la historia de América Latina. Son ya millones de venezolanos que escapando de la miseria han abandonado al país. Colombia se convirtió en el principal receptor y en ruta obligada de venezolanos en su afán por llegar a otros países. La odisea de estos compatriotas es terrible, se lanzan por todas las vías colombianas posibles.

La tragedia ya fue catalogada por Naciones Unidas como una crisis de Refugiados, y se calcula que el éxodo venezolano podría ser peor que el registrado por la guerra en Siria. El problema es de tal magnitud que Naciones Unidas hizo un llamado a los países de la región para que sigan brindando asilo a los migrantes venezolanos.

Es evidente que la pobreza ha aumentado en Venezuela alcanzado cifras muy preocupantes, cercanas al 90%, y lo que es peor, las dos terceras de nuestra población ya viven en pobreza extrema. Así lo revelan los estudios más confiables realizados recientemente. De igual modo, nadie puede negar la situación de hiperinflación que vive el país, pasando a ser la más alta del mundo. No parece ceder según los especialistas en la materia. La quiebra de empresas vinculada a la altísima tasa de desempleo y los míseros sueldos que devengan los empleados públicos; la violencia desatada, la corrupción desenfrenada, el narcotráfico y los casi inexistentes servicios públicos, todo, a juicio de expertos, son elementos que propician la migración. No es fácil resumir esta situación, pero es evidente que estamos ante una crisis económica de proporciones inéditas en la historia moderna del país, cuyo impacto social nos ha conducido a una crisis humanitaria de alarmantes consideraciones.

En el ámbito del colapso de la producción y exportación de petróleo de Venezuela, el Fondo Monetario Internacional (FMI) estimó en su informe "Perspectivas de la Economía Mundial" que la inflación en Venezuela alcanzaría al 13.864% lo cual lo situaría como el país con mayor inflación en el mundo. De igual manera se prevé que el Producto Interno Bruto (PIB) venezolano caerá un 15%, siendo la peor caída en muchas décadas en América Latina y El Caribe. Señala el informe que, de confirmarse estas previsiones, la economía de Venezuela experimentaría una contracción de casi 50% en los últimos seis años.

Al día siguiente Andrés volvió a casa de los García. Ya llevábamos tiempo sentados viendo la televisión, sin decir nada, cuando meditando un poco, pude interrumpir diciendo: —Ese tema de la emigración, nunca lo habíamos vivido.

Hablamos de la ruina económica y moral del país que coincide con esa gran emigración, y ya no diferencia estratos sociales ni grados educativos.

Debo añadir que el venezolano no posee cultura migratoria, ni tiene experiencia alguna ante esta nueva realidad. Nunca tuvo necesidad de emigrar; de hecho, viajaba por placer o para formarse académicamente. Por casi un siglo Venezuela fue siempre un país receptor de inmigrantes, ya que ofrecía oportunidades a quienes buscaban una mejor calidad de vida. Aquí llegaron personas de todo el mundo, y se estimaba en millones el número de ciudadanos que pasaban la frontera hacia nuestro territorio. Muchos barrios en las grandes ciudades fueron fundados por ciudadanos de los países vecinos. Pero además, nuestras universidades se nutrieron de docentes e investigadores provenientes de otras latitudes. Sencillamente era impensable vivir lo que estamos viviendo actualmente. Como dicen algunos expertos en economía: la crisis está pasando, inexorablemente, de ser catastrófica a ser inimaginable. ¿Alguna vez ustedes han pensado en irse del país?

—Es verdad señor Jesús, son los jóvenes los que deciden en su mayoría tomar sus maletas e irse a vivir a otro país. Son los profesionales de temprana edad que deciden abandonar sus profesiones y probar suerte en otro país, aunque allí tengan que trabajar en lugares y actividades que no tienen absolutamente nada que ver con su formación. Hay una fuga de cerebros pero, sobre todo, hay una fuga de jóvenes, de personas que le pueden dar muchísimo a Venezuela. Actualmente este país no está preparado para devolverles algo. Usted le pregunta a cualquier joven, y seguro su respuesta será: *"me quiero ir, al menor chance, arranco"*. Personalmente, siento como que todo el tiempo estoy tratando de alcanzar algo que no puedo tener. Me siento como preso y creo que nunca podré lograr aquí lo que habría alcanzado si me hubiera ido hace tiempo —apuntó Andrés.

—Yo no te quiero preocupar papi, y tampoco a mamá, pero fíjate, cada día la cosa es peor en el país y nosotros no estamos viviendo la vida que nos gustaría llevar; el futuro nos preocupa aún más. La verdad es que sí, si lo hemos pensado y hablado mucho Andrés y yo, la posibilidad de irnos la hemos discutido; ahora seguimos luchando, y si no tenemos resultados buscaremos vida en otro país.

Tú te imaginas que yo llegue a cierta edad y tenga que seguir viviendo con ustedes, eso sería un gran fracaso tanto para ustedes como para mí —señaló Esther.

—Eso lo entiendo totalmente hija, pero me gustaría conocer más sobre la lo que sucede en la calle, esa guerra de la cual ustedes tanto hablan—inquirió Jesús.

Entiendo que a comienzos de abril las protestas comenzaron a convocarse todos los días y se producían disturbios cada vez más intensos. Recuerdo que la prensa destacó el asesinato de un joven de 19 años por un disparo en el pecho realizado por un miembro de la Policía Nacional Bolivariana. La represión fue tan intensa como la indignación que ella provocaba en los jóvenes, y se produjeron protestas a lo largo y ancho del país. Las redes sociales daban fe de los abusos cometidos por las fuerzas de seguridad que sin pudor alguno realizaban actos vandálicos, robaban a manifestantes y asesinaban con armas de fuego a la población.

El 5 de abril de 2017, la ministra de Relaciones Exteriores acudió a la Organización de Estados Americanos a defender al Gobierno venezolano y aseguró que las fuerzas policiales actuaron: *"no para reprimir, sino para evitar que se expandiera la violencia"*. También, el primer vicepresidente del PSUV negó que los colectivos hubiesen hecho acto de presencia en la protesta del 4 de abril, en la que fueron vistos disparando al aire en la autopista Francisco Fajardo. El funcionario también reveló que: *"sacarán a los oficialistas a manifestarse en Caracas y en todo el país."*

El 8 de abril la oposición venezolana nuevamente llamó a una multitudinaria marcha en todo el territorio nacional para exigir la destitución de los magistrados de la Sala Constitucional del TSJ, la celebración de elecciones y para mostrar su rechazo hacia la inhabilitación política del gobernador del estado Miranda, líder opositor, por parte del máximo tribunal. Miles de opositores acudieron al llamado de concentración que realizaron en ciudades como Caracas, Maracaibo, Coro, Punto Fijo, Puerto Ordaz, Pampatar, Lecherías, San Cristóbal, Mérida, San Carlos, La Victoria, Maracay, Valencia, y Barquisimeto.

En esas ciudades se dieron actos de protestas masivos, otra vez con el saldo de detenidos, heridos y muertos. En Bello Monte, Caracas, murió una señora de 87 años, quien nada tenía que ver con las protestas, pero su muerte se produjo por haber inhalado gases lacrimógenos durante las manifestaciones que se realizaban en las inmediaciones de su apartamento, según la reseña de los medios de comunicación.

La marcha de Caracas intentó llegar al centro, pero nuevamente fue impedida. La movilización comenzó a ser reprimida por los efectivos de seguridad en la avenida Libertador, cerca de La Campiña, y los manifestantes se vieron obligados a retirarse hasta Chacao, en la avenida Francisco de Miranda. Algunos manifestantes avanzaron y llegaron a la iglesia de la Chiquinquirá, en La Florida, donde los efectivos policiales también los reprimieron. Los vecinos de los edificios de la zona tocaron cacerolas en señal de protesta y lanzaron crema dental a los manifestantes para evitar los efectos de los gases lacrimógenos. Casi todo el sector estaba convulsionado. En La Campiña se observaba a los manifestantes buscar refugio en los edificios para evitar ser capturados por los funcionarios. Los organismos de seguridad del Estado usaron bombas lacrimógenas en Sabana Grande. La represión se extendió a las Mercedes, Bello Monte y Chacaíto. Funcionarios de la PNB y de la GNB reprimieron a los manifestantes opositores que se dirigieron a la parte de arriba de la autopista Francisco Fajardo, cerca de El Rosal. Debido a la intensa represión se vieron en la necesidad de devolverse hacia el este de la ciudad. Un grupo numeroso que se concentró cerca de Centro Comercial Ciudad Tamanaco (CCCT) fue atacado con bombas lacrimógenas y perdigones. Los enfrentamientos se extendieron durante todo el día.

Lo hechos ocurridos en Venezuela alertaron a los organismos internacionales como la Organización de Estados Americanos (OEA) y Mercosur, quienes mostraron su preocupación, al igual que gobiernos de países del continente como USA, Argentina, Brasil, Chile y Colombia, todos ellos dieron su apoyo a la oposición venezolana. Los días siguientes se registraron otros enfrentamientos en las manifestaciones en otros estados. En Lara murieron dos jóvenes los días 12 y 13 de abril, respectivamente.

Algunos líderes de la oposición hablaban de una *"transición democrática"*, es decir, daban por hecho que las manifestaciones acabarían tumbando al gobierno. De allí que mantenían la presión de calle, convocando a nuevas manifestaciones hasta lograr su objetivo.

En Venezuela, el 19 de abril es una fecha oficial de celebración, pues ese día en 1810, siendo aún colonia de España, el Cabildo de Caracas desconoció el mando de José Bonaparte en la Metrópolis y formó una Junta Defensora de los Derechos de Fernando VII, rey de España. Esta fecha patria se considera como el primer paso hacia la independencia del país, pues de allí salió toda una generación que libertó a varias naciones de Sur América.

Dada la importancia y significación de la fecha, ambos bandos enfrentados convocaron a marchas en Caracas. La oposición hizo la convocatoria en las principales ciudades del país.

El resultado en Caracas era previsible, como se había visto en días anteriores. Fuertes enfrentamientos entre los agentes del orden público y el grupo de colectivos oficialistas contra la marcha opositora. Como saldo del día, más de 100 detenidos, 300 heridos y tres muertos del bando opositor, todos jóvenes. Entre los muertos, dos jóvenes en Caracas, uno de ellos menor de edad (17 años), y una joven mujer en San Cristóbal, estado Táchira.

Los medios de comunicación opositores al Gobierno informaron que el pueblo venezolano estaba recibiendo una fuerte represión y convocaron nuevamente a protestar en las calles el día 22 de abril, bautizando a esa manifestación como la *"Marcha del Silencio"*. Igualmente convocaron que un "plantón nacional" para el día 24, en todos los estados del país.

El gobierno respondió convocando a otra marcha ese mismo día 24, y reportaron la muerte de una dama en Caracas por el impacto de una botella de hielo arrojada desde un edificio del centro de la ciudad. Por su parte la oposición daba información de sus muertos, 2 en Mérida, 1 en Barinitas, estado Barinas, 1 en el Tocuyo, estado Lara.

—Déjame decirte papi, que esos malandros descargaron toda su maldad el día el 24 de abril, cuando se convocó al *"plantón nacional"*. Presos, heridos y muertos fue el balance de ese plantón. Las redes estuvieron muy activas ese día y vimos fotos de Daniel, un joven estudiante de la Universidad de Los Andes, en Mérida, bañado en sangre en el suelo, producto de una bala en la cabeza; vive aún, pero no habla ni camina. ¿Te imaginas ese cuadro? —Enfatizó Esther.

Para el día 25 de abril el Fiscal General de la República confirmó la muerte de 30 personas en los días transcurridos del mes de abril.

La MUD informó que seguiría convocando a protestar y organizó marchas para el 26 de abril y el 1 de mayo, día del trabajador y fecha de asueto en casi toda América.

El 27 de abril el gobierno nacional comunicó su retiro de la OEA, pues era evidente que la posición de ese organismo había cambiado mucho en su percepción de lo que ocurría en Venezuela, al punto que antiguos aliados del país, ahora votaban en contra del gobierno actual y eran críticos muy duros a la violación de los derechos humanos en la patria de Bolívar.

Supe que, a mediados de abril, el presidente ordenó la aplicación del Plan Estratégico Cívico-Militar Zamora, que entre otras cosas conllevó a un despliegue de fuerzas militares, fuerzas milicianas y fuerzas populares, frente a las protestas. Es decir, se oficializó la incorporación de grupos armados paraestatales a la represión. Se estableció como práctica común el uso de "colectivos" armados o grupos de civiles aliados al oficialismo para intimidar a la oposición.

—Como usted sabe, explicaba Andrés, abril fue un mes terrible porque ante las protestas el gobierno mostró mayor represión. Mayo se inició con la promoción de una Asamblea Nacional Constituyente (ANC), por parte del Jefe de gobierno. Supuestamente para redactar una nueva Constitución para Venezuela, la cual, además, asumiría plenos poderes, por encima de los otros poderes públicos del Estado. Fueron tan descarados que fabricaron una convocatoria especial y las bases de esa elección eran distintas a las contempladas, es decir, un traje a la medida del régimen.

Yo recuerdo bien ese acto. Ahí se estableció que los integrantes de la ANC serían elegidos mediante voto universal, directo y secreto en un ámbito territorial y sectorial, bajo el control del CNE. Pero, además, el organismo electoral fijó como fecha de elección el 30 de julio de ese mismo año. El número de constituyentes era descomunal, 545 en total. Ese número y la eficiencia mostrada por el CNE, evidentemente levantaba a sospechas.

—Pero le digo algo, señor Jesús, como si eso no era suficiente para encender los ánimos ya caldeados de quienes protestábamos, llegó a nosotros la desgraciada noticia de la muerte de un joven músico que tenía solo 18 años y pertenecía al Sistema de Orquesta Nacionales. Lo mató un efectivo de la guardia nacional, quien le disparó y lo alcanzó en el cuello. Este joven protestaba por ver la situación de pobreza de varios compañeros músicos y amigos. Como puede imaginar ese hecho encendió más nuestra arrechera contra el régimen y desató con más fuerza la protesta nacional. Todo el mundo sabe y veía, desde que se iniciaron las protestas en abril, a un grupo de músicos, muchos de ellos miembros del Sistema de Orquestas Juveniles; siempre estaban presentes acompañándonos con sus instrumentos. Fíjese que, hasta Gustavo Dudamel, el famoso y reconocido mundialmente director de orquestas sinfónicas, se manifestó en contra de la represión condenando este asesinato, y eso que sus relaciones con el régimen parecían buenas.

—Es tanta la indignación que esta muerte ha causado, que hasta el hijo del defensor del pueblo publicó un video en el cual se declara opositor al gobierno y le reprocha a su padre la represión contra las protestas y los dos asesinatos del día. Ese video se hizo viral, y lo que le dijo a su padre es lapidario: *"pude haber sido yo"*. Terminó diciendo Andrés.

—Mira papá, yo sé a lo que tú quieres llegar, dijo Esther, entonces te explico: tenemos que encapucharnos, sobre todo los que vamos al frente, no solo por los gases sino porque esos malvados te toman fotos y luego te buscan y listo, te jodiste, pa´el Helicoide, la Tumba o Ramo

Verde. Nos formamos en grupos de 12 o 20, y nuestra acción es devolver las bombas lacrimógenas, lanzarle piedras, botellas y morteros y bombas molotov a esos mal paríos militares. Casi todos somos universitarios o jóvenes que están por entrar a la universidad, aunque muchos chamos de los barrios, sin trabajo, nos acompañan. Aquí no hay líderes impuestos. Es líder el que más bolas le eche. Somos la que algunos llaman, *"La Resistencia"*, y no le comemos coba al gobierno ni a los partidos de oposición que llaman a negociar en conversaciones, porque ya sabemos su resultado, aún sin darse ni terminarse. Ya nos cansamos de tanta burla con esas negociaciones.

—Es muy cierto lo que manifiesta Esther, dijo Andrés, pero así como celebramos cuando los hacemos retroceder, también lloramos cuando nos matan a uno de los nuestros, que ya son muchos. Seguro usted recuerda al chamo Neomar. Le informo que ese era un verdadero líder, a pesar de su corta edad (17 años). Siempre sonriendo y con ganas de guerrear. Le tomamos mucho cariño. Él era un chamo pobre de Guarenas que había terminado bachillerato pero no había podido entrar a la universidad por carecer de recursos para pagarla, sus padres no podían costearle los estudios.

—Esther y yo, dijo Andrés, compartimos con él y conocimos mucho sobre la vida de Neomar: podemos sintetizar algunos datos suyos. Fíjese, se graduó de bachiller a los 16 años. Al ser tan joven, estaba buscando opciones. Uno de los vecinos más cercanos al adolescente se fue y vive en España y le propuso que hiciera un curso de *bartender* para luego recibirlo allá cuando cumpliese la mayoría de edad. Tenía un mes de haber terminado ese entrenamiento cuando lo asesinaron y solo le faltaban cuatro meses para que cumpliera 18 años, la mayoría de edad. A pesar de haber tomado la decisión de emigrar, el joven afirmaba que no se quería ir del país. Después de haber acompañado una vez a su familia a una convocatoria de la oposición, decidió seguir participando y estar en primera fila. El lente de un periodista llegó a captar a este escudero en ese momento desconocido, explicando por qué hacía lo que hacía.

—Ya en mayo, se pudo ver un video que se hizo viral en el que Neomar dijo: *"La lucha de pocos vale por el futuro de muchos"*. Continuó Esther. Aún recordamos sus palabras, creo que fue ante una periodista que lo entrevistó, y donde él, como hábilmente lo hacía, se cubrió la cara con una franela para no exponerse a los cuerpos represivos que lo tachaban de violento y terrorista: *"Tengo 17 años. Yo no estoy estudiando ahorita porque yo sinceramente me voy del país por cuestión de mi futuro. Pero yo realmente no me quiero ir de Venezuela. Este es mi país, yo nací aquí y estoy luchando por él"*. Era tan arrecho que usted lo veía entusiasmando a sus compañeros a no arrugar, como él decía, y eso que tenía el pie derecho enyesado.

—Pero llegó ese terrible día miércoles 7 de junio. Él había salido de Guarenas, junto a su mamá y un tío, pero solo llegaron a Chacaíto porque la represión estaba bien fuerte. Según su mamá, ellos solo pudieron avanzar unas tres cuadras, pero Neomar tomó la vía hacia Las Mercedes. Ella y el grupo que todos los días subían de Guarenas para participar en las protesta se desviaron también hasta Las

Mercedes y allí permanecieron hasta tarde. Andrés y yo estábamos en la Plaza Altamira con el grueso de la concentración, decidimos ir al frente, a la autopista Francisco Fajardo, donde estaba la cosa más caliente.

Como te dije, desde temprano habían empezado los enfrentamientos con los desgraciados esos, ya en la tarde, como a las 4 pm, vimos a Neomar caer y como estábamos muy cerca, pudimos ver el charco de sangre en el suelo y el chamo, mal herido fue atendido y llevado, en una moto a la Clínica El Ávila donde supimos de su muerte. Fue una bomba lacrimógena, de las muchísimas que nos lanzaron ese día, la que le impactó directo en el pecho destrozándolo por dentro. Por cierto, a la señora Zugeimar, la madre de Neomar, no la dejaban pasar a identificar el cadáver de su hijo. Solo pudo hacerlo después que un abogado y una amiga de la familia hablaron con los médicos. En la clínica se presentaron funcionarios del Cuerpo de Investigaciones Científicas, Penales y Criminalísticas (Cicpc) y del Ministerio Público, por lo que ella optó por solo darle un beso, un abrazo, la bendición y se marchó.

—Para colmo, a ella y su sobrino les tocó testificar en el Cuerpo de Investigaciones Científicas, Penales y Criminalísticas (Cicpc). El padre de Neomar le tocó esperar la autopsia en Bello Monte. Él se había enterado de la muerte de su hijo por twitter.

Quiero decirles que el parte oficial era distinto a lo que comentaban algunos reporteros que cubrían la fuente. De tal manera que la cuenta oficial de twitter del Ministerio de Interior, Justicia y Paz a las 4:58 p.m. de este día señaló que: *"Lander Armas Neomar Alejandro (17) acaba de fallecer producto de una explosión de arma de fabricación artesanal (Mortero) que manipulaba"*. Así mismo, y respaldando esta versión, Tarek William Saab, en ese momento Defensor del Pueblo, aseguró esa misma noche en su cuenta en twitter que: *"…las experticias médicas forenses revelan que la terrible muerte de Neomar Lander no fue por un disparo de bomba lacrimógena"*. Y añadió Saab: *"El joven "presentó fractura de las costillas 4ta y 5ta, explosión de pulmón izquierdo con derrame hemorrágico interno y quemadura de antebrazo por un explosivo de fabricación artesanal"*.

El gobierno también señaló como presunto responsable al diputado de la oposición Miguel Pizarro. El vicepresidente Tarek El Aissami en rueda de prensa aseguró que: *"…el parlamentario Pizarro es el asesino que invocó la muerte de este joven venezolano"*. Esta versión de los hechos fue rechazada por líderes opositores, señalando que no podía el oficialismo hablar de la causa de la muerte del joven, sin haber realizado las pruebas correspondientes.

—Bueno papá, por desgracia y como es su costumbre, hay unos *pajúos* del gobierno que dicen que él estaba manipulando una bomba y la misma le explotó en sus manos. Lo que no saben esos desgraciados era que nosotros estábamos allí y, además, hay videos que muestran lo sucedido, y quizás lo más contundente es que si una bomba le hubiese explotado en sus manos, seguro que el cadáver tendría que presentar heridas y quemaduras en ellas, pero, y para desmentir a esos degenerados, los médicos forenses indicaron que las manos de Neomar estaban intactas.

Un trabajo especial realizado por *Runrun.es* reconstruyó el momento de la muerte de Lander a través de los videos captados y los relatos de algunos testigos presenciales. Se pudo conocer que momentos antes de caer, Neomar había lanzado un fuego artificial que explotó muy cerca del piquete de la PNB. Rápidamente un funcionario de ese cuerpo salió y apunto su escopeta hacia el lugar donde se encontraba Neomar. Inmediatamente se escuchó otra detonación y se observó un destello y el humo que salía donde él estaba. Luego apareció el cuerpo del joven tendido en el asfalto boca abajo. El joven no estaba solo y sus compañeros inmediatamente lo recogieron para buscar atención médica.

Patólogos, bomberos, funcionarios del Cicpc, expertos de la extinta Policía Técnica Judicial (PTJ) y abogados que analizaron los videos y pruebas consultados para la realización de ese trabajo, no dudaron en descartar la versión oficial. Concluyeron que la muerte de Lander había sido ocasionada por un objeto contundente o proyectil disparado a corta distancia, más probablemente la bomba lacrimógena lanzada del arma del funcionario de la PNB. Con igual contundencia se pronunció la Fiscal General de la República, al ser entrevistada por periodistas dijo: *"...el chico murió por el impacto de una lata de gas lacrimógeno lanzada por la Guardia Nacional y no por un disparo con una pistola de perno de la oposición, tal como afirmó la canciller Delcy Rodríguez y el ministro de Comunicación de Venezuela, Ernesto Villegas*". De inmediato el presidente del partido gobernante PSUV, reaccionó calificando a la fiscal general de "*traidora*". Por su parte, el mismo presidente dijo, en cadena nacional: "*...que tomará acciones judiciales contra los dirigentes opositores que acusan al gobierno de provocar las muertes durante las manifestaciones antigubernamentales*". Además, denunció que los líderes de la oposición: "*...han captado niños y jóvenes" que entrenan para el uso de armas caseras, para la violencia" en las protestas.*"

Ese miércoles se cumplían 68 días desde que se iniciaron las protestas en abril. Y desde ese momento su nombre apareció en los principales periódicos y revistas del mundo.

Los noticieros de radio informaban que el joven venezolano Neomar Lander, fue despedido ese viernes como un héroe, entre cánticos, banderas y consignas por la libertad. Sus restos fueron llevados desde el cementerio Jardines del Cercado hasta la plaza Bolívar de Guarenas, donde hubo una ceremonia en su honor; luego los llevaron a la Catedral y, de ahí, los trasladaron otra vez al camposanto, donde fue enterrado ese sábado 9 de junio.

Según la agencia de noticias Reuters, a pesar de que sectores oficiales lo llamaron *"guarimbero"*, apenas se conoció su muerte, el repudio fue general y al funeral del adolescente de 17 años asistieron cientos de personas, quienes le reconocieron su talante de guerrero que siempre prefería estar en el frente de las protestas. Señala la misma agencia que uno de los momentos que más estremecieron a los asistentes fue cuando habló la hermana del adolescente, y dijo: *"Mi hermano, antes de salir, me dijo que luchara por él y por Venezuela, y aquí estoy. (…) Me da mucho dolor. Yo lo vi sin el vidrio. Tocarlo y que no me dijera nada me partió el corazón"*, expresó la niña entre lágrimas ahogadas. El hecho sin duda impactó al mundo y personas como el técnico de la selección de Venezuela de football Rafael Dudamel al pronunciarse sobre el caso, se dirigió al presidente expresando: *"Hoy la alegría no las ha dado un chico de 17 años y ayer murió uno de 17 años. Presidente, paremos ya las armas, que esos chicos que salen a la calle lo único que quieren es una Venezuela mejor"*. Esas palabras las expresó Dudamel tras la clasificación del equipo para la copa del mundo sub 20, en Corea del Sur.

Desde tempranas horas de la mañana una multitud cargó su féretro mientras entonaban el himno nacional y gritaban consignas por la libertad, tal como lo hacía Neomar. En todo el recorrido la policía montó un dispositivo para controlar la manifestación de duelo y reprimir cualquier brote de violencia que se presentara. A la hermana de Neomar, de apenas 14 años, le pidieron que abrazara a un policía como signo de paz, pero su reacción fue lanzar las flores que tenía en la mano y quitarse la máscara; la actitud pareció inocente, sin embargo, la niña alegó que no podía hacerlo porque: *"ellos asesinaron a mi hermano"*.

Durante el trayecto hasta la plaza Bolívar caminaron en caravana con el ataúd en hombros. La gente llevó pancartas para enviar mensajes al país. *"Tu indiferencia es cómplice"*, destacaba una de ellas. La madre de Neomar se puso su chaqueta que tenía escrito en la espalda: *"La lucha de pocos vale por el futuro de muchos"*, la cita de su hijo que se dio a conocer en todo el mundo. Zugeimar se sentía inconsolable y terriblemente golpeada por la pérdida de su hijo, pero al mismo tiempo veía la solidaridad de sus vecinos y el respaldo de un mar de jóvenes a su lucha, por lo cual no podía esconder el orgullo que esa actitud le producía. Al recordar a su hijo, Zugeimar sonríe y asegura que *"no era perfecto, pero era un joven con futuro. Hiperactivo, pero de buen humor y muy cercano a su hermana menor. Era la alegría de la casa"*, decía orgullosa.

Señalaba además Zugeimar: *"Como estamos metidos en esto, no ha habido tiempo para el duelo"*, y aseguraba haber sentido el verdadero cariño de la gente cuando llegaba a algún sitio y le querian abrazar sin conocerla. Con respecto a su participación en las protestas y sus diligencias ante los organismos competentes, explicaba que: "todo se ha ido dando y que mientras pueda seguirá pidiendo que la muerte de su hijo se aclare". Indicaba igualmente: *"Cómo yo voy a dejar de estar en las calles, si precisamente yo estaba en las calles cuando Neomar murió. La mejor manera de honrar a los caídos es continuar con la lucha. Para que sus muertes no sean en vano, no depende ni de la oposición ni del gobierno. Para que sus muertes no sean en vano, depende de cada uno de los venezolanos y las decisiones que tomemos"*.

Luego de la actividad en la plaza Bolívar, que estaba custodiada por funcionarios de la Policía Nacional Bolivariana, la multitud trasladó el cuerpo a la Catedral y de ahí lo devolvieron a Jardines del Cercado.

He leído y según datos dados por el Ministerio Público, organismo que va a investigar el caso, Neomar fue el número 67 en la lista de fallecidos durante las protestas.

—Papá, intervino Esther.

—¿Cómo se te ocurre decir que van a investigar? Tú, más que nadie sabes que en este país no hay justicia. Esa palabra no existe aquí. El cantante Yordano, en aquella vieja canción *"por estas calles"* decía que *"la piedad en Venezuela se fue de viaje"*. Yo me atrevo a decir que no solo se fue la piedad, es inocultable que la justicia también se marchó hace tiempo. Cuantos padres de familias, sobre todo las madres, las ves de tribunal en tribunal, desesperadas porque no les dan respuesta a sus casos, y eso que algunas veces le dicen que hay detenidos, para tranquilizarlas, pero todo es una gran mentira. ¿Cuántas familias y madres sufren por los jóvenes heridos y cientos de casos quedan impunes? Son víctimas sin victimarios; muchos chamos quedaron parapléjicos por heridas de balas, y con lo costoso que es hoy en día mantener un enfermo en esas condiciones, te puedes imaginar el sufrimiento. Son casos terribles, de gente que no le importa nada de tribunales, pues saben que nunca podrán superar el terrible dolor de haber perdido a un hijo, como el caso que todo el país se enteró, de una madre que se quitó la vida de tanto sufrir por la muerte de su hijo. No puede haber nada peor en la vida que eso, ver a una madre que te habla sobre el asesinato de su único hijo. Y todo por el empeño de unos corruptos por mantenerse en el poder, así sea matando muchachos. Sencillamente no les importa un carajo.

—¿Qué tal? Esto no es cuento papá, es lo que estamos viviendo.

El mismo día de la muerte de Neomar otros muchachos cayeron en varias ciudades del país. Tal es el caso del joven de 19 años en Montaña Alta, estado Miranda, quien recibió un tiro en la espalda. Lo ocurrido ese 7 de junio desencadenó una protesta global en el país.

En la oposición empezaron a mostrarse signos inequívocos de discrepancias internas, había quienes sostenían que la lucha debía ser pacífica y por otro lado estaban los que argumentaban que debían responder con mayor fuerza al gobierno, pues notaban ya un cansancio de los manifestantes en su lucha cotidiana, y no veían concretados sus objetivos con tantas movilizaciones.

Un hecho que sorprendió a muchos fue la aparición en la escena política de Óscar Pérez, un funcionario de la policía científica, quien el 27 de junio tomó un helicóptero y en vuelo sobre el TSJ lanzó una granada. Luego el funcionario apareció en una concentración, haciendo un llamado a la rebelión contra el gobierno, pero realmente no tuvo apoyo y su actitud, por el contrario, generaba sospechas en la mayoría; además, no había respuesta de las FFAA.

Mientras el país mostraba una violencia incontrolable, con saldos impresionantes de jóvenes muertos, el CNE seguía trabajando en su proyecto de elecciones para una Asamblea Nacional Constituyente (ANC), como si nada estuviese ocurriendo en el país. Así se veía por televisión a la presidente del CNE, informar sobre el número de candidatos inscritos y el número de constituyentes a elegir. De igual forma informó sobre unas modificaciones a las bases comiciales.

El conflicto entre el ejecutivo y la AN no cesaba, y el 5 de julio los grupos de chavistas armados, que merodeaban en sus alrededores, irrumpieron en el recinto de la Asamblea Nacional e hirieron a varios parlamentarios. Las grabaciones de las comunicaciones entre los grupos de choque y la Guardia Nacional encargada de custodiar el Palacio Legislativo evidenciaron la coordinación entre grupos civiles y policiales. Algo insólito que no se veía, desde el siglo XIX, desde el gobierno de José Tadeo Monagas. Nadie podía pensar que 169 años después, en Venezuela se repetiría un hecho tan bochornoso en nuestro parlamento.

Quizás para bajar las tensiones, el 8 de julio se ordenó darle arresto domiciliario a Leopoldo López, líder de la oposición que había sido condenado a 14 años de cárcel. Ese mismo día salió de Ramo Verde a cumplir el régimen de casa por cárcel. Sin embargo, ese hecho no fue visto como un cambio de actitud del gobierno, pues inmediatamente se realizó la elección de la ANC, generando la continuidad de las protestas.

El gobierno invitó a la oposición a participar en el proceso, pero fueron muy pocos los electores que asistieron, y las mesas se mantuvieron solas durante las votaciones. La reacción del gobierno no se hizo esperar y el ejecutivo ordenó la captura y recaptura de varios líderes opositores, entre ellos Leopoldo López y Antonio Ledezma, acusándolos de violar las restricciones de su arresto domiciliario.

La MUD ya había decidido no participar en lo que consideraban como unas elecciones amañadas, más bien las rechazaron argumentando que el presidente no tenía la facultad de convocar a una Constituyente y que las normas establecidas en esa elección violaban el principio democrático de *una persona un voto*, y en esa elección el CNE cambió las reglas de juego en sus bases comiciales, en un claro sesgo a favor del gobierno.

Antes de darse el proceso electoral de la ANC, la MUD convocó a una consulta nacional que se realizó el 17 de julio, donde se le pidió opinión al soberano sobre la convocatoria a la ANC. Según los opositores que dirigieron el proceso, más de siete millones de votantes rechazaron la iniciativa del gobierno. Sin embargo, y haciendo caso omiso a la consulta de la MUD, el 30 de julio se realizaron las elecciones bajo la tutela del CNE, para escoger a los 545 constituyentes que la conformarían la ANC.

Todo el país vio que los centros de votación estaban vacíos y era inminente la baja concurrencia de los ciudadanos a esa elección. Sin embargo, el primer boletín leído por la presidente del CNE informó que habían participado unos 8.089.320 de venezolanos, lo que representaba el 41,53 % del padrón electoral, de ese entonces, algo incomprensible hasta para el menos observador de los ciudadanos. Ese mismo día, Julio Borges, presidente de la Asamblea Nacional, habló de un *"fraude evidente"*, y dijo que en dicha elección solo unos tres millones de venezolanos, habrían participado. Después de su instalación, varios países, incluyendo los miembros del Grupo de Lima y de la Unión Europea, desconocieron a la ANC. Sin embargo, países aliados del gobierno venezolano reconocieron los resultados, entre ellos Bolivia, Cuba, Irán, Nicaragua, Rusia y Siria.

Por su parte, Antonio Mujica, representante de Smartmatic, la empresa a cargo del sistema electrónico de votación, en una conferencia de prensa realizada en Londres, advirtió que habían detectado una diferencia de al menos un millón de votos. Según sus propias palabras, *"la diferencia entre la cantidad anunciada y la que arroja el sistema es de al menos un millón de electores"*.

Sin importarle crítica alguna, interna o externa, referida al fraude electoral cometido, el gobierno impuso su elección de la ANC, pero además el día 4 de agosto se realizó su instalación. Fuentes oficialistas seguían afirmando haber superado los ocho millones de votantes.

Ante esta imposición de una nueva ANC, respaldada por las fuerzas armadas, la reacción de la oposición fue desarticulada y débil. Mientras tanto el gobierno aprovechó la victoria política del momento y convocó a elecciones regionales y estatales, las cuales se había postergado en varias oportunidades.

—Bueno papá, nosotros esperábamos una protesta generalizada en el país y, por su puesto con los líderes de los partidos políticos de oposición al frente. Ya estábamos cansados de ir nosotros al frente y recibir tantos coñazos. Tú sabes muy quién puso los presos, los heridos y los muertos. Pero ya basta, nosotros echándole bolas y esos bichitos dándose lujos en viajes y hoteles en unas supuestas negociaciones, no, no nos la calamos más. Nos duele darte la razón a tu análisis, en cuanto a que no le veías un final feliz a esta vaina, pero ya hemos tomado la resolución de irnos pal carajo. Ahora con más razón, después de lo que le hizo su propio padre a Andrés, obcecado por el fanatismo político, casi religioso, que promueve esta mal llamada revolución bolivariana.

—Realmente yo estaba reacia a abandonar y salir de mi país, dijo Esther, sobre todo en momentos cuando estaba en pleno apogeo la protesta, pero siento que ya hemos llevado bastante roncha y que exponemos mucho nuestras vidas, sin obtener mayor resultado. Quiero que sepas que no es una decisión tomada a la loca, la hemos pensado una y mil veces.

—Cuéntame hija.

¿Qué pasó con Andrés y su papá?

—La verdad es que a Andrés le da pena contar esa vaina, pero como yo he decidido irme con él, debo decirles todas las maldades que le hicieron, algo increíble, sobre todo viniendo de un padre, y lo peor, a su único hijo, Dios mío, yo no lo puedo entender.

—Ya va, ya va, ¿cómo es eso que has decidido irte con él sin consultar con nosotros? ¿Tan mal te hemos criado y tratado, para merecer esa actitud de tu parte?

—Mira papá, ustedes saben lo que representan para mí y el amor que les tengo, pero ya les había anunciado en más de una oportunidad que me iría del país si esta vaina fracasaba. Tampoco creas que nos vamos ya, tú sabes muy bien que es necesario arreglar algunos asuntos, entre ellos, todo lo relacionado a nuestros papeles y, por respeto a ustedes, lo de mi casamiento con Andrés. Sé que esto te sorprende, y es posible que no te guste, pero juro que te lo íbamos a anunciar los dos, en su oportunidad, pero papi, me has hecho hablar más de la cuentan. No me diste ningún chance.

—Hija, te mentiría si te digo que no estoy desconcertado por todo lo que me estás diciendo. Eso no lo esperaba de mi única hija, me imagino cómo se pondrá tu mamá al saber de tus planes. Pero bueno, cuéntame lo de Andrés.

—Bueno, yo prefiero que sea él quien te cuente cómo venía la relación y luego yo te digo lo último que ha pasado, comentó Esther —¿De acuerdo?

La tarde siguiente Andrés acudió a nuestra casa, había adquirido un compromiso de darnos algunos detalles sobre la situación que ha vivido en su casa con su papá. Como siempre se presentó a la hora acordada y luego de algunos comentarios sobre la experiencia narrada por Arturo, empezó a explicar:

—Mis padres siempre se habían identificado con la izquierda venezolana, al menos esa era mi percepción desde muy chico. En la casa se escuchaba la música de Alí Primera, y siempre se criticó al gobierno de turno hasta 1998. Papá no participó de frente, como se dice, en la campaña del 98, pero a todo el mundo le decía sobre la conveniencia de votar por el militar. Recuerdo que en un viaje que hicimos a Orlando, discutió con unos nicaragüenses refugiados, quienes le advertían sobre el peligro de apoyar a un hombre que, ya en ese momento, mostraba afinidades con el gobierno de Ortega y el de la Habana. A lo que papá respondió, con énfasis, en mostrar las diferencias en cuanto a países. Decía, entre otras cosas, Venezuela no se puede comparar con esos regímenes, pues hemos vivido muchos años en democracia, chucuta, pero democracia al fin y eso es muy difícil de sacarlo de la mente del pueblo. Además, el candidato dice que impondrá un gobierno realmente democrático.

—Cuando llegó la revolución mis padres se volvieron fanáticos, se enemistaron con casi toda la familia, que por supuesto se mostraban en contra de las medidas ñangaras de las cuales cada vez hacia más uso el gobierno, como aquella de expropiar bienes particulares en plena trasmisión televisiva. Mi primer encontronazo con mis padres fue cuando cerraron definitivamente a Radio Caracas Televisión, en mayo de 2007, simplemente porque su programación no seguía la línea del gobierno, y fíjese, yo tenía apenas 12 años. Sobre todo, papá se puso tan furioso conmigo, que en su momento pensé que me pegaría. Luego, con el pasar del tiempo, el ejecutivo tomó una serie de medidas con las cuales nunca estuve de acuerdo, y las diferencias políticas con mis padres, lejos mejorar se deterioraron cada vez más, a medida que me fui haciendo mayorcito. Algo que no soporto es que en mi casa todo el tiempo se ve es el canal de televisión del gobierno, programas con contenidos vulgares donde la mentira siempre tiene un portavoz y las ofensas contra las personas que pensamos distintos son frecuente, inclusive se llega al extremo de insultar a la iglesia y sus representantes. Mamá nunca le lleva la contraria a papá, por temor creo, más que por estar convencida de su posición.

—Tomé la determinación de no tocar el tema político para preservar la unión familiar, pero todo ha sido en vano, cada vez que opino, la reacción de papá no es normal, parece poseído. Un día se me salió, se lo juro, pensé en voz alta y dije: ¿*"Otra vez el loco ese en televisión?* Fue como si le hubiese mentado la madre a papá, me dijo de todo, hasta mantenido y perdedor. Además de amenazarme con correrme de la casa si seguía criticando a su ídolo. Esa noche me encerré en mi cuarto y decidí unirme a mis compañeros de lucha en las calles de Caracas. Como les comenté, me estrené en la concentración que hicimos frente a la Nunciatura el año pasado. Ahora creo que sospechan en lo que ando y no me dicen nada porque saben que no van a tener necesidad de sacarme de la casa, me iré inmediatamente. No sé, tal vez a casa de un amigo, ya veré. El asunto es que no aguanto más, para que ustedes sepan.

La familia García, después de escuchar el relato de aquel joven, se mostraron solidarios con él. Trataron de convencerlo para que pusiera de su parte y volviera la paz a su hogar, a lo cual Andrés respondió:

—Solo les puedo contar una parte del drama que vivo, realmente me da pena lo que me hacen, cosas que jamás pensé a lo que se pueden llegar cuando el fanatismo alcanza a una persona. Ya he perdido la cuenta de los días que mi padre dedica a insultarme, a vejarme, a llamarme apátrida. Realmente no lo soporto, es algo como diabólico, pienso que ya no me siente como su hijo. Nadie puede entender como un padre prefiere y defiende a un político corrupto y es capaz de ir contra su único hijo. De no ser por mamá, pienso que él hasta se atrevería a entregarme a la policía política del régimen. Pero les ruego que no me pidan más detalles, siempre me enseñaron aquello que dice: *"el que le pega a la familia se arruina"*. Eso sí, tengan la seguridad que, si esta lucha que mantenemos los jóvenes fracasa, me iré del país, no lo pensaré dos veces.

Esther no pudo contener las lágrimas. Andrés era su primer amorío y con el compartía todas las ideas de un nuevo país; se sentía impotente al no saber cómo ayudarlo. A pesar de estar al tanto de la situación que le tocaba soportar a Andrés, ella seguía aterrorizada al escuchar lo que acababa de relatar su novio, y conociendo la posición irracional e inflexible del padre de Andrés, alimentada por ese fanatismo que no distingue lazos filiales, Esther sabía que tenía que apoyarlo y no podía mantenerse indiferente.

Andrés no quiso hablar más del problema y desvió la conversación hacia lo que estaba pasando en las calles en ese momento, pues según él, ahí se estaba jugando, en gran parte, el futuro de la patria y el de él mismo, como decía con cierta frecuencia.

Algo más delicado, pero que Esther conocía con más detalles, porque lo había vivido, era lo último que había hecho el padre de Andrés. Ella no solo sufría por las cosas que había relatado su novio, sino que deseaba contarles a sus padres sobre esa situación delicada a la cual Andrés no quiso referirse. Esperó hasta el momento que Andrés se marchara de su casa para decirles a sus padres lo que le habían hecho a su novio. Sabía de sobra que no lo podía hacer en presencia del joven sin que este se sintiera incómodo.

—Lo que les voy a contar si es algo verdaderamente increíble, difícil de imaginar, es sorprendente al extremo que pueda llegar un padre lleno de fanatismo y ciego ante una realidad que no se puede ocultar. Eso solo sucede en esta pesadilla que vivimos, en esta dictadura de comunistas resentidos. Resulta que el vecino de Andrés, un tipo que apenas tiene seis meses viviendo en el mismo edificio y, del cual no sabíamos nada, solo que nos parecía un enchufado por las remodelaciones que le había hecho a su apartamento, más por el carro que carga, una camioneta importada último modelo, y es de los tantos que se han mudado a esta urbanización en años recientes, y que antes vivía en barrios. Resulta que ese señor trabaja en un organismo policial de seguridad del gobierno, no recuerdo cual, si es del Sebin, no sé, pero lo cierto es que es bicho es tremendo sapo y pajúo. Es amigo, o se hizo amigo, por ser igualmente chavista, del viejo de Andrés, quien increíblemente se puso de acuerdo con esa lacra para que le montara vigilancia a su propio hijo y le informara de sus actividades, como una cacería pues. ¿Puedes creer eso? El tipo seguía a Andrés para todos lados. Una vez lo casé desde nuestro balcón, pude ver que apenas salía Andrés, el tipo salía detrás de él. Andrés y yo nos pusimos mosca y al constatar que era cierta la persecución, trazábamos planes para esquivarlo cada vez, y así lo confundíamos todos los días. Yo siempre cargaba un bolso que llevaba en la espalda, ahí metía una chaqueta y una gorra de Andrés; para despistarlo, entrabamos juntos a un Centro Comercial y al rato Andrés salía sin mí, pero con su gorra y chaqueta puestos. Luego yo salía sola, y el tipo quedaba loco, viéndome con una cara de arrechera increíble. Sin embargo, y hay que admitirlo, creo que nos dimos cuenta tardíamente, pues ya ese tipo tenía tiempo en ese plan y había recabado mucha información de los lugares que frecuentábamos Andrés y yo, incluyendo por su puesto la plaza Altamira. Además, sabía y tenía información sobre quienes eran nuestros contactos y con quien nos reuníamos. Como ese desgraciado ya sabía de las actividades que realizábamos, decidió actuar, y hace una semana, en complicidad con el fanático y desalmado padre de Andrés, ayudado y en compañía de otros sapos, capturaron a Andrés y se lo llevaron detenido para Boleíta. Lo agarraron saliendo del apartamento, a eso de las 12 del mediodía. El viejo, haciéndose el pendejo que "no sabía nada", en una extraña y burda coincidencia se presentó a ese retén, exactamente una hora más tarde, para que le entregaran a su hijo. Fue directamente al sitio, sin preguntar a nadie. Antes de proceder a liberarlo, Andrés tuvo que calarse toda una charla de un oficial, y para dejarlo libre se le hizo firmar un documento donde el chamo se comprometía a no participar más en ninguna marcha o protesta, ni mucho menos declarar ante los medios de comunicación.

El documento también lo firmó con mucho agrado por su puesto, su flamante papá.

—Coño papá, yo sé que tú no eres capaz de semejante acto, pero en un supuesto negado eso llegara a pasar, te morirías para mí, y lo sabes muy bien. Como era de esperarse, al llegar a su casa Andrés le reclamó fuertemente a su padre, no solo con arrechera, sino con un inmenso dolor al constatar que él estaba en la jugada. Pero lo que más molestó a Andrés fue la confesión de su padre, quien tuvo las bolas de decir que lo hacía por su bien para salvarlo de la cárcel o de un tiro. ¿Te imaginas esa aberración? Un padre denunciando a su propio hijo. Eso no tiene nombre, pero claro, todos sabemos que ese tipo de cosas suceden en este tipo de régimen político, donde se ve a hijos denunciando a sus padres y padres denunciando a sus hijos. Ningún familiar o amigo está a salvo de ser denunciado por sus allegados, se practica la ideología como una religión. Es lo más cruel que te puedes imaginar, padre mío.

Esa misma noche, Andrés esperó hasta que se durmieran sus padres, recogió algunas pertenencias, todos sus documentos y se marchó, sin dejar ningún rastro. Ya en acuerdo conmigo dejó una vieja moto que tenía desde hacía meses en el estacionamiento de nosotros, por eso no tuvo que cargar con ella. No quiso dejar ninguna nota, ni explicar su decisión de marcharse del hogar, todo estaba muy claro para él, su padre se había convertido en su enemigo y, al no doblegarse a sus decisiones, seguro chocarían de nuevo, sabe Dios cuales serían las consecuencias. Desde hace ya hace una semana está en casa de unos amigos, en la Florida, cerca de la urbanización Macaracuay, pero ahora su intención es irse definitivamente del país.

—A la señora Gina la he encontrado varias veces en la calle y no deja de preguntarme por Andrés, se ve que a ella sí le ha pegado duro el asunto de su partida. Las lágrimas empapaban en el rostro de aquella mujer que envejecía a pasos ligeros y se veía perturbada por toda una calamidad de problemas, además de enfrentar aquel acto tan irracional de su marido. Lamentablemente no podía darle ningún dato sobre su propio hijo, a pesar de su insistencia en preguntarme por él. Me da vaina con ella porque todos los días me veo con Andrés.

Lo cierto era que Gina sufría y se veía demacrada, no solo por la partida de su hijo y la posición que había asumido su esposo, sino porque también tenía serios problemas de salud que la obligaban a visitar con frecuencia al médico. Por su parte Andrés padre cada día se entregaba más a compromisos políticos con el gobierno, ya hasta aparecía en la televisión apoyando las alocuciones que el presidente emitía cotidianamente. Formaba parte de algo llamado "clase media en positivo". Sus compromisos políticos parecían haber alcanzado su cenit al ser nombrado miembro del directorio del Banco Central de Venezuela.

—Por cierto, papá, Andrés está durmiendo en una colchoneta, en la sala del apartamento de sus amigos, realmente
es muy incómodo para él, sobre todo en las mañanas cuando tiene que levantarse muy temprano, por razones obvias.
Fíjate, la esposa de su amigo trabaja en el Hospital de Los
Magallanes de Catia, ella es encargada del control de las
historias médicas, se levanta a las 5 am. Su amigo Julio,
se para a las 6 am, lava y viste a su niña para llevarla al
colegio, hace el desayuno y le prepara su merienda, y sale
a su trabajo. Toda una rutina cotidiana. Solo imagínate lo
chimbo que es esperar el uso del único baño que tienen.
En resumidas cuentas, es muy, pero muy incómodo para
Andrés, y siente mucha pena con ellos, sabe que molesta,
aunque ellos ni lo mencionan, al contrario, le apoyan en
todo y le dicen que el no molesta para nada.

—Todo lo que te digo lo sufre él y lo sintiendo yo,
ya no se trata solo el problema con su papá, que no se lo
quita de su mente y cada día me habla de eso, es la tremenda incomodidad en que se encuentra y sin dinero para

alquilar una habitación, que como tú sabes, cuesta un ojo de la cara. Sabes que yo tampoco puedo ayudarlo económicamente, por eso te quiero pedir un gran favor, una ayuda, algo que pueda solucionar momentáneamente ese aspecto, pues el chamo la está pasando muy mal.

—Esther, yo no sé por qué te empeñas en hacer las cosas sin consultar, nunca te he negado nada y con todo lo que me has dicho, veo tu falta de confianza hacia nosotros, que lo único que deseamos es tu bienestar. Te imaginas las gratas noticias que le daré a tu madre: "te vas a casar y te vas del país", así, sin anestesia. Eso creo que no es justo para con nosotros.

—Entiendo tu malestar, quizás por no mortificarte ni molestar a mamá, he actuado así. Por eso te pido perdón por no comunicarte todo esto con anterioridad, pero creo que nadie más que tu puede entender lo que estamos viviendo en Venezuela. Papi, si me quedo seré una mujer frustrada toda mi vida; yo veo la necesidad de buscar otra vida, aunque sea en otro país, no tengo alternativas aquí, como no la han tenido millones de jóvenes venezolanos que se han visto obligados a emigrar. Por otro lado, no quiero irme de pareja de Andrés así por así, sin un compromiso legal, es decir, sin casarnos. Y no es porque me importan el qué dirán, es que ustedes me han enseñado valores que no puedo traicionar, me sentiría muy mal si me voy sin casarme. Además, pensamos establecernos como una familia, y ambos lo hemos discutido. Llegar a otro país, sin saber lo que nos espera, sin tener un compromiso legal, no deja de ser una aventura, por eso hemos pensado que casados sería un compromiso mayor para nosotros, facilitaría los trámites de nacionalización de ser necesaria, pero quizás lo más importante, los honramos a ustedes. ¿No crees?

—Déjame hablar con tu mamá y luego seguimos hablado. —¿Te parece?

—Claro, papi, me parece.

La nueva posición del gobierno desempolvó el viejo debate dentro de la oposición sobre la cuestión de su participación en esa convocatoria a elecciones. Por su parte, la MUD declaró, a través de sus voceros, que se mantendría en la calle hasta el restablecimiento del orden constitucional, la apertura de un canal humanitario para atender a la crisis y la liberación de todos los presos políticos. Las protestas fueron continuas, pero cada vez menos numerosas hasta que desaparecieron los primeros días de agosto.

El gobierno insistía en su prédica de que la ANC había traído la paz a Venezuela y lo catalogaba como un triunfo frente a la oposición, a la que definía de violenta y apátrida. Por su parte, la oposición buscaba ahora vencer las contradicciones y desilusiones entre sus partidarios, superar la sensación de derrota y reanimar a sus seguidores para que la lucha siguiera, aunque tuviesen que cambiar de escenario.

Ciertamente, desde el acto de votación del 30 de julio, para elegir a la ANC, donde la oposición se abstuvo, las protestas cesaron. En Venezuela se empezó a observar una relativa normalidad, no obstante, la crisis económica que presentaba una hiperinflación galopante, la notable escases de alimentos, medicinas y otros productos básicos, y la gran deficiencia de los servicios públicos más esenciales, como luz, agua, gas, gasolina, en medio de una gran inestabilidad política, producto del enfrentamiento entre gobierno y oposición.

Andrés seguía reuniéndose con su novia y la familia García todas las tardes y escuchaba las disertaciones del señor Jesús.

No tengo dudas que haber logrado el cese de las protestas es quizás la maniobra más audaz del Ejecutivo, anunciada desde mayo y concretada en julio del 2017, al implementar una ANC con poderes plenipotenciarios, además de tener la misión de redactar una nueva Constitución. Lo agravante es que la oposición nada pudo hacer para detener dicha jugada.

—La verdad, señor Jesús, no es que haya vuelto a la normalidad. Hay mucha rabia contenida en la gente. Después de tantos detenidos, heridos y muertos, se siente miedo preocupación y la inseguridad que es demasiada fuerte en el país. Yo protesté y volvería a hacerlo, pero no teníamos conducción política.

Hoy me doy cuenta que nos embarcamos en una aventura sin definiciones claras, ni dirección, de verdad pensábamos que podíamos derrotar al gobierno en las calles. Era la ilusión que teníamos nosotros los jóvenes y mire que le dimos con todo, pero al final nada se concretó, solo muerte, heridos, presos y una persecución terrible a quienes pensamos distinto al régimen, además del miedo paralizador que impera en la mayoría de los ciudadanos. De otro modo es inexplicable, que un gobierno con más del 80% de rechazo se mantenga en el poder. Falta de bolas, miedo o resignación a vivir en dictadura, o las tres cosas juntas. —Dijo Andrés.

—Esther intervino para expresar. Creo que los que estábamos protestando paramos la cosa porque era evidente que habíamos perdido el rumbo, no íbamos para ningún lado y carecíamos de una conducción política en las protestas, como dice Andrés. Realmente no toda la oposición nos apoyó. No tenía sentido que nosotros siguiéramos poniendo los presos, los heridos y los muertos, mientras que los políticos por otro lado, andaban con sus agendas de conversaciones y encuentros con los malandros del régimen. El precio que pagábamos resultaba muy alto para el resultado obtenido. Nos sentimos traicionados en gran medida.

He oído de algunos opositores sostener la tesis que, los meses de protestas no fueron en vano, y que al unir esos hechos con la sanción que impuso Estados Unidos al presidente, además de calificarlo de "dictador", y el desconocimiento de muchos países a la ANC, representa un avance opositor en el país.

Analizando lo ocurrido, en la plaza se pudo observar que, en muchas de esas protestas, a lo largo de los meses, se evidenció el cruce de distintas perspectivas y el contagio emotivo que en un principio impulsó la dimensión y la intensidad de las protestas en el país. Allí se observó, además, la variedad de movimientos comprometidos como estudiantes universitarios, diputados, representantes de los partidos políticos, organizaciones civiles y una gran masa anónima, que incluyó a muchos jóvenes que fueron generando toda una "indumentaria de protesta", que los caracterizaba.

Lo cierto es que la elección de la ANC desinfló definitivamente las protestas. Era claro que ni las calles ni la presión internacional habían conseguido evitar su instalación, como se había prometido. Tampoco había prosperado la apuesta a una fractura dentro del chavismo que parecía ampliarse con la ruptura de algunos de sus dirigentes importantes. Fue más bien la MUD la que terminó seriamente afectada y con graves problemas para mantener la unidad, como se evidencia de las severas críticas que hizo una de sus líderes más destacadas, y su partido Vente Venezuela al anunciar su retiro de la MUD.

Lo concreto es que se perdieron una cantidad apreciable de vidas jóvenes, muchos heridos y presos. Pero no fue solo el efecto político tan desolador para la oposición, también los pequeños y medianos comerciantes sufrieron pérdidas importantes.

Un moto taxista, perteneciente a una línea en los alrededores de la plaza señalaba que: *"En las protestas se hacía buena plata, porque como no había transporte, uno*

*hacía carrera tras carrera, ahora no hay nada".".…es ver-
dad que con las protestas no se llegó a nada, pero el rollo
sigue estando ahí, hay una arrechera contenida, que no
se expresa…yo quisiera saber cómo los miembros de la GN
que le quemaron las motos a unos compañeros de la línea,
van a responder, esos malditos acabaron con sus fuentes de
trabajo… pregúntenle a mis compañeros si ellos apoyan al
gobierno, para que vean su reacción."*

En la plaza Altamira, uno de los guerreros, Julio, le explicaba a su compañera Eliza: *"es verdad que la calle "se enfrió", como decimos aquí; y quizás lo que pasó fue una farsa, o un engaño, pero no me siento engañado por la opo-sición, simplemente creo que las cosas no resultaron como esperábamos. Y es claro que esos carajos tienen el apoyo de los militares. Le dimos con todo y nada chama."*

Tanto Esther como Andrés siguieron argumentando y volvieron al tema. Ella resaltaba:

—Ya era hora de pensar en nosotros, sin dudas, lo habíamos dejado todo en el asfalto de las calles y autopista. Hablamos con muchos amigos guerreros que también le habían echado un camión de bolas y resulta que pensaban igual que nosotros, que el barco estaba haciendo aguas y era la hora del *"sálvense quien pueda"*. La gran mayoría de los guerreros también habían decidido irse del país. Para nosotros, luego de escuchar los análisis que hacía usted papá, no había dudas que era el momento de elegir un país a donde irse y, en nuestro caso se hacía urgente, dada la grave situación de Andrés con su padre.

—Agosto marcó el final de nuestra lucha en las calles, insistía Esther. No nos sentimos derrotados, fue algo peor, nos sentimos traicionados, aunque seguimos pensando que, tarde o temprano aquí debe haber un cambio político, pero es el momento de hacer un alto en la lucha, pues los meses pasaban y nuestras ilusiones mermaban. Andrés y yo discutimos nuestras acciones a corto plazo y decidimos que entre agosto y diciembre buscaríamos la forma de trabajar, para reunir lo suficiente para irnos, a finales de diciembre o principios del año que viene. Por razones de dinero, inicialmente veíamos a Europa como muy difícil, aunque esa era nuestra meta final, entre otras conveniencias, porque ya la señora Gina había obtenido el pasaporte italiano para Andrés. Esa era otra razón más para ver la conveniencia de casarnos antes del viaje, pues para mí resultaría más fácil obtener la nacionalidad italiana, una vez establecidos allá como un matrimonio formal.

Los jóvenes consideraron varias posibilidades y terminaron por escoger a Argentina, como meta inicial. Ya tenían información sobre los problemas que se estaban presentando en Ecuador y Perú, solo podían escoger entre Chile y Argentina, pues Colombia ya la habían descartado hace tiempo. Ellos sabían y tomaban nota de las experiencias de sus amigos que ya habían emigrado, ya que frecuentemente intercambiaban datos en sus conversaciones, sobre cuál sería su mejor opción, por eso tomaron la decisión de irse a Buenos Aires.

—Por cierto, papá, ¿Ya hablaste con mamá sobre lo que te dije? ¿Qué te respondió?

—Mira hija, tu madre es un ángel, es una mujer especial y madre ejemplar, siempre va a estar contigo y te quiere demasiado, la conozco demasiado. Sabe que eres rebelde, pero siempre te justifica y me dice que eso te viene de familia, por parte de ella, quiero decir. Yo no sé si conoces tu historia ancestral pero es bueno que lo sepas, fíjate, su abuelo Jacinto, es decir tu bisabuelo, murió cuando la dictadura de Pérez Jiménez, él era adeco y contrajo paludismo en Guasina, cuando lo sacaron para la cárcel de Ciudad Bolívar, ya estaba muy avanzada la enfermedad y falleció, tenía solo 37 años. Lo que se sabe de él, es por las historias que tu abuela Melquiades, mi suegra, le contaba a María. Dicen que se lo llevó la Seguridad Nacional de la Dictadura y solo supieron de él cuando murió. Comentaba, con mucho orgullo la vieja y decía que era un hombre muy valiente y de correcto proceder, era un líder de la clandestinidad en un sindicato petrolero de la Creole en el oriente del país. Pertenecía a AD. También tu abuelo Francisco el papá de tu mamá, y esposo de Melquíades, murió muy joven por razones políticas, tenía solo 25 años, eso fue en los años 60, cuando decidió incorporarse al frente guerrillero "Ezequiel Zamora", en las montañas *"El Bachiller"*, entre los estados Miranda y Guárico. Murió en un enfrentamiento con el ejército, y de él se sabe que era un joven que militaba en el MIR y estudiaba Humanidades en la UCV, pero sus restos nunca aparecieron, como sucedió con varios jóvenes en ese entonces. Tu mamá no conoció a su padre, pues tu abuela Melquíades salió en estado de él unos meses antes de irse a la guerrilla. Ellos se casaron muy jóvenes, cuando vivían en el 23 de enero, eran unos muchachos estudiantes, muy idealistas e ilusionados. Tu abuelo, al igual que tu abuela, estudiaba en la UCV, ambos en la Facultad de Humanidades, como te dije. Por cierto, tu mamá también es hija única.

—Ciertamente hablé con tu mamá y me dijo: *"...viejo tenemos que ayudarlos, los muchachos no tienen otras personas a quien recurrir sino a* nosotros·". Tú vez a tu madre siempre muy calladita, pero lo cierto es que ella manda en la casa, y ahí no su mueve una hoja sin que ella sepa. Claro, las decisiones las tomamos en conjunto, siempre ha sido así. Respondiendo tu pedido, tu mamá y yo lo hemos discutido mucho y queremos proponerles a ambos que Andrés se venga a vivir con nosotros mientras ustedes arreglan todo, hasta el matrimonio y planifican bien su ida del país. Por lo pronto, lo que le podemos ofrecer es el cuarto de servicio, que como sabes, tiene tiempo que no se usa porque con nuestros sueldos no podemos contratar a nadie. Eso sí, yo no quiero tener problemas con el padre de Andrés, y ahora menos que sabemos que está enchufado, así que te agradezco que hables con él y le digas, que una de las condiciones es que su padre no se entere de que vive aquí con nosotros. Por otro lado, me dijiste que están dispuesto a casarse, ¿verdad?; nosotros estamos de acuerdo y pensamos que deben hacerlo tan pronto como puedan, pues creemos que es lo más conveniente para ambos, sobre todo si piensan emigrar, hay que empezar a tratar de normalizar todo este rollo. Así que habla con Andrés, a ver si él está de acuerdo ¿te parece?

—Mil gracias papi, yo sabía que ustedes no nos dejarían morir, expresó Esther, con una alegría inocultable que se reflejaba en su rostro. Hablaré con Andrés, dijo.

La gran masa de jóvenes que decidieron marcharse después del cese de las protestas se estaba volviendo un fenómeno totalmente explicable. Habían luchado por una causa esperanzadora, que al principio los contagió a todos, pero que evidenció la ausencia de un liderazgo opositor que la canalizara. Los partidos agrupados en la MUD presentaron graves dificultades para trazar una estrategia común. Si bien es cierto que en las primeras marchas pudo apreciarse claramente el liderazgo de la oposición, y que la represión por parte del gobierno provocó indignación y multiplicó las protestas, no es menos cierto que al pasar los meses la MUD había perdido ese liderazgo. Es innegable que en repetidas ocasiones los dirigentes políticos daban instrucciones contradictorias sobre las convocatorias de las protestas, lo que obligaba, a los mismos manifestantes a tomar decisiones distintas a quienes pretendían dirigir las mismas.

En el país se respiraba un aire de tensión e inconformidad y algunos hechos de carácter político evidenciaban esa tensión. Algo inesperado sucedió el 6 de agosto, alrededor de 20 personas liderados por el jefe de la brigada 41, el capitán del ejército Juan Caguaripano atacaron la base militar de Paramacay, cerca de Valencia y se llevaron gran cantidad de armas del fuerte, Vecinos del lugar, manifestaron su apoyo a esta acción y salieron a protestar. Al poco tiempo, la mayoría de los actores de este hecho y sus líderes fueron capturados.

Un trancazo nacional convocado por la oposición, el ocho de agosto, tuvo muy poca participación y fue rápidamente dispersado. Además, la marcha organizada para el doce de agosto no contó con suficiente respaldo. Se calcula que sólo acudieron cerca de mil protestantes. Esta baja participación de los ciudadanos era el reflejo del descontento existente con la oposición, en ese momento, y al temor de ser reprimidos violentamente. Pero además, era el disgusto que producía la decisión tomada por la oposición, de participar en elecciones regionales de octubre de ese año.

Para algunos partidarios del gobierno la vuelta a la calma representaba un gran alivio, pues se empezaba a normalizar el transporte urbano y ya no tendrían que caminar largas distancias para acudir su trabajo.

Bajo esa relativa calma, una de las primeras medidas tomadas por la ANC fue la destitución de la fiscal general Luisa Ortega Díaz, quien estaba previamente suspendida por el Tribunal Supremo de Justicia. . En sustitución de la Fiscal Ortega, Tarek William Saab, hasta entonces defensor del pueblo, fue nombrado nuevo fiscal general. Así mismo la ANC suspendió la inmunidad parlamentaria del diputado y esposo de la fiscal destituida, Germán Ferrer por presuntos casos de corrupción, sin tomar en consideración la aprobación de la Asamblea Nacional, único poder facultado para realizar dicha acción. Ambas figuras del oficialismo se vieron obligados a abandonar el país.

A mediados de agosto la ANC aprobó la convocatoria para elecciones regionales. En octubre de 2017 la ANC ordenó la convocatoria a elecciones para las 335 alcaldías del país y estableció que todos los gobernadores electos deberán juramentarse ante ese organismo, mientras que los alcaldes que resultaran electos debían juramentarse ante los constituyentes de cada estado para poder asumir sus funciones. El CNE programó las elecciones para el 10 de diciembre de 2017. En dichos comicios los principales partidos políticos opositores, decidieron no participar debido a las pocas garantías electorales que ofrecía el CNE, pues según los presidentes de esos partidos, el CNE funciona como una oficina más del oficialismo.

El 26 de octubre de 2017 la ANC destituyó a Isaías Rodríguez, quien hasta ese momento tenía el cargo de segundo vicepresidente en el mismo organismo, y fue destituido y suplantado por Elvis Amoroso. El hecho se dio luego de que Rodríguez diera declaraciones en entrevista transmitida por la Agencia Venezolana de Noticias (AVN), donde señaló que el organismo del que formaba parte no representaba la solución para los problemas sociales, económicos y políticos que sufría el país

En noviembre la ANC autorizó el enjuiciamiento del diputado opositor y primer vicepresidente de la Asamblea

Nacional, Freddy Guevara, quien de inmediato se refugió en la embajada de Chile en Caracas, luego de que el TSJ pidiera al organismo levantarle su inmunidad parlamentaria. La ANC solicitó tal enjuiciamiento por presunta instigación a la violencia y asociación para delinquir.

En diciembre se realizaron las elecciones y la oposición obtuvo el triunfo en 5 estados. No obstante, el gobernador electo del estado Zulia, Juan Pablo Guanipa, decidió no prestar juramento ante la ANC, por considerar que era algo *"contrario a la ley"*. Al pasar los 10 días que había reglamentado la ANC para la juramentación, y al no producirse la misma, se ordenó su destitución y el órgano legislativo estatal, procedió a designar un gobernador encargado y convocó a nuevas elecciones, fijándose la fecha para el mismo día que las elecciones municipales. Los pocos gobernadores que quedaron, pasaron por la humillación de tener que juramentarse ante la ANC; sin embargo, tan pronto se hicieron de sus cargos, el ejecutivo les nombró los llamados protectores de estado, una especie de pro cónsul que responde solo a las directrices del gobierno y recibe los recursos necesarios que, en condiciones normales, deben recibir los gobernadores electos. Según el ejecutivo, el nombramiento de estos funcionarios se hizo para garantizar la gobernanza en las distintas regiones donde sus candidatos no logren triunfar. Como ha dicho el presidente en repetidas ocasiones: *"es una figura para no dejar al pueblo al garete"* Generalmente esa designación la hace el ejecutivo a aquellos candidatos del oficialismo que han sido derrotados en sus respectivos estados, aunque ha sido costumbre nombrar también protectores a los alcaldes perdedores, como sucedió en Caracas cuando la oposición se alzó con el triunfo. Al revisar la CRBV no se encuentra la figura de protector de estado, de allí que se trate de hechos fuera de la Constitución que van en contra del sano desarrollo de una democracia. Nada más arbitrario que esa decisión del gobierno, cuyo objetivo es mantener el control total de la población, aunque no reciba sus votos.

Los ciclos de protestas ciudadanas se vienen produciendo en Venezuela desde comienzos del 2000; sin embargo, el que sacudió a Venezuela en el 2017 y duró cuatro meses, dejó un amplio saldo de personas fallecidas, heridos y presos políticos y afectó seriamente los cimientos más profundos de una nación, su juventud. Cifras oficiales reportaron que en esos cuatro se produjeron 121 muertes y casi 2.000 heridos. Mientras que fuentes periodísticas dieron la cifra de 157 muertos, lo cual indica un promedio de dos personas asesinadas por día. Lo cierto es que la violencia y la represión fueron incrementándose al pasar los meses, y según algunos analistas, se llegó a alcanzar un pico máximo el 30 de julio, fecha en la cual murieron 12 personas en distintas circunstancias. Asimismo, el número de detenidos llegó a 5.092, según datos del Foro Penal, una ONG de Venezuela.

Como movimiento colectivo, las movilizaciones y este ciclo de protestas del 2017, presentan muchas aristas. Un aspecto destacable es la masiva participación de la población juvenil, reflejada en el saldo de 77 fallecidos de 25 años o menos, de los cuales al menos 11 eran menores de edad. Entre otros aspectos importantes destacan que los jóvenes desarrollaron sus propios códigos y, en última instancia, sus propias lógicas de participación.

Al final, el movimiento de protestas se agotó sin una clara resolución de la crisis política y económica que padece el país. Como resultado, hoy se observa un incremento del autoritarismo, la militarización del país, la demencial crisis económica, y el aumento descomunal de la emigración. Al mismo tiempo se percibe un creciente descrédito de la oposición venezolana. Se observa, además, que tanto la AN como la ANC son instituciones sin prestigio en el país. Aun cuando, es indudable que la AN goza de un reconocimiento internacional mucho más amplio y tiene mayor apoyo, al compararla con los pocos países que reconocen a la ANC.

Esther y Andrés sabían que solo disponían de un poco menos de cinco meses para reunir una cantidad de dinero que les permitiera viajar hasta Buenos Aires, y mantenerse uno días allá, hasta conseguir trabajo. Además, estaba pendiente lo de la boda, que, si bien tenía que ser lo más sencilla posible, como dicen *"en la intimidad de la casa"*, por lo menos había que ofrecer un pequeño brindis entre ellos. De tal manera que Andrés se mudó al apartamento de los García, bajo las premisas que los padres de Esther habían establecido, e inmediatamente los muchachos iniciaron sus actividades. Ella empezó haciendo tortas los fines de semana, y las vendía por encargos, sorprendentemente le llegaban muchos pedidos de amigo de la familia, pues su producto resultaba mucho más barato que los que vendían en los comercios, además el producto era muy bueno. En la semana trabajaba en una empresa internacional, dedicada a portales web que está en casi toda Latinoamérica, y se encarga de ofertas de empleos vía internet. Pero su trabajo en la empresa norteamericana no le daba para ahorrar, apenas sacaba para gastos menores. Sin embargo, todos los empleados le tomaron gran cariño por lo eficiente que resultó en sus labores, ganándose en muy poco tiempo, la confianza de su jefe inmediato.

Andrés, casi un ingeniero eléctrico, se dedicó a la reparación de computadoras y celulares, demás instalaba alarmas en vehículos y residencias. También ofrecía el servicio de instalar motores para portones eléctricos. Por fortuna le salieron muchos trabajos, tantos que el pobre se estaba hasta altas horas de la noche trabajando. El pequeño cuarto se le hizo aún más pequeño por la cantidad de aparatos que tenía que reparar.

El esfuerzo de varios meses de trabajo empezó a dar frutos, y para mediados de diciembre habían ahorrado una cantidad de dinero que, si bien no parecía suficiente, les resultaba esperanzador para pensar en hacer el viaje. Un problema era que se acercaban los días de navidad, mes de gastos y, como lo habían planeado, también se venía encima la boda.

Gina había mantenido contacto telefónico con su hijo, y cada cierto tiempo le enviaba con Esther algo de dinero. Como madre sufría mucho, más aún por la posición tan dura que había asumido su esposo con respecto a su hijo, le escuchaba decir a su esposo: *"…para mí, hace tiempo que ese carajo se murió, cómo podía tener al enemigo en mi propia casa, por mí que se joda, ¿quién lo manda a ser un contrarrevolucionario?, a no reconocer los avances de este gobierno del pueblo, y lo que es peor, ponerse a participar en esas fulanas protestas, con la intención de tumbar al gobierno. Debe dar gracias a Dios, que no lo mataron".* Esas palabras herían profundamente a Gina y solo miraba en aquel hombre un fanatismo exacerbado que lo conducía a odiar hasta su propia sangre. Como madre y esposa lloraba amargamente y sentía que su corazón estallaba, no lograba comprender esa metamorfosis que había sufrido su esposo, y menos aceptar que viviría en un país donde se había llegado al extremo de dividir y enfrentar a la familia hasta disolverla, por el solo hecho de pensar distinto.

Andrés hijo sabía que su madre era una víctima, pero también le reprochaba el haber consentido esa posición del viejo. La veía muy timorata, quizás por miedo a no llevarle la contraria a su papá. Tal vez era propio de la crianza de los italianos que, en Venezuela, se casan para toda la vida y ella no quería ser la excepción. El asunto es que Gina se había adelgazado notablemente desde que el hijo se marchó.

La boda se fijó para la tarde del jueves 21 de diciembre, sin invitados, solo el jefe civil y su secretaria. Se escogió ese día porque era el único disponible para esa época que tenía el jefe civil. Sin embargo, Andrés hizo una sola excepción e invitó a su madre, quien furtivamente debía salir de su apartamento esa tarde, con el achaque de tener una consulta médica, lo que no causaba extrañeza en el esposo, pues se habían hecho frecuentes las visitas de Gina al médico.

Aquello, más que una boda, parecía un funeral. Gina y la madre de Esther no dejaban de llorar, una por todo lo sucedido con el padre de Andrés, y la otra porque sabía que en pocos días su hija se iba del país. Por mi parte, con mucha tristeza presenciaba el acto. Quizás porque añoraba las bodas que celebraban sus colegas en el "Salón de Fiestas La Muralla", un sitio de mucho lujo en la vía hacia el Hatillo, pero que los profesores universitarios, en otros tiempos podía financiar sin problemas, allí se celebraba muchos eventos sociales. Pero lo más seguro es que su tristeza se debía a la partida de su hija, a lo que él llamaba una aventura con mucha incertidumbre. Le consolaba saber que Andrés era un muchacho sano y de buenos sentimientos, y seguro cuidaría de ella.

Luego de estar presente en el acto civil de rigor, una vez retirados el jefe civil y su secretaria, a eso de la 7 de la noche, la señora Gina decidió regresar a su casa, no sin antes estrechar fuertemente a su hijo, esta vez llorando a moco suelto y sin querer despegarse de su hijo. Andrés la acompañó hasta la planta baja, y tampoco podía contener las lágrimas. Gina nunca supo que Andrés vivía con los García desde hacía meses, tampoco sabía de los planes de la pareja de irse al exterior, esa noche ella no quería irse a su casa, como que percibía que sería la última vez que vería a su único hijo. Destrozada y sin consuelo, finalmente se despidió, realmente era un cuadro desolador. Andrés no le quiso mencionar nada de su inminente viaje al exterior, pues sabía que era como clavarle otra puñalada a su pobre madre, y prefirió no decirle nada en ese momento.

La noche se vino encima, y lo único inusual fue que, en esa oportunidad, Esther recibiría en su cuarto a Andrés, como marido y mujer. ¿Para qué luna de miel?

Desde el mismo viernes los jóvenes empezaron a hacer sus diligencias para el viaje, lamentablemente pensaban que no podían irse en avión, pues eso los quebraría desde un principio. De allí que veían como alternativa, el plan de viajar en autobús hasta San Cristóbal, llegar a la frontera en San Antonio y, sin tener que chequear pasaportes, seguir desde Cúcuta a Bogotá en bus. Observaron que tampoco era muy barato el viaje en avión desde Bogotá, viaje que no podían hacer sin haber sellado los pasaportes. De allí que su mejor alternativa, de no conseguir un poco más de dinero era seguir en bus hasta el sur. Pero conociendo, por terceros, lo largo y agotador de ese viaje, no descartaron nunca el viaje en avión.

En todo caso, tenían varios días más en Caracas y la oportunidad de hablar con amigos en Argentina para que les recomendaran la mejor alternativa.

Afortunadamente, ambos manejan muy bien las redes, un factor muy importante a la hora de escoger el país a dónde ir.

Ya desde el 2005 se venía observado el aumento de la emigración venezolana, sobre todo aquellos relacionados con familia o amigos establecidos en exterior. De hecho, se estima que más del 90% de los que emigran, ya tienen contacto en el país receptor y un sitio donde llegar.

Por fortuna Andrés recibió un mensaje de Iván, un compañero de estudio que se fue a Argentina en el 2016. En ese mensaje su amigo le ofreció alojamiento, hasta que ellos pudieran mudarse. Ese fue un aliciente más que, unido a las facilidades migratorias de ese país, al compararlo con otros de la región, entusiasmó más a la pareja, para tomar su decisión y decidirse por Argentina. El problema de ambos era conseguir trabajo, no más al llegar, pues no se podían dar el lujo de permanecer mucho tiempo sin percibir nada en un país extranjero.

Andrés tiene familia en San Cristóbal y le solicitó ayuda para averiguar en Cúcuta las posibilidades del viaje, ya que desde Caracas los precios eran prohibitivos para ellos. Le informaron que si compraba el boleto directamente en el aeropuerto, el pasaje le saldría más económico.

El mes de diciembre casi terminaba y no habían podido reunir el dinero suficiente para el viaje. Entre los dos no llegaban a 3.000 dólares, de tal manera que recurrieron a familiares y amigos en el exterior, sobre todo a los que viven en Estados Unidos. Una prima de Esther les envió 250 dólares, un amigo les prestó otros 500, vendieron sus computadores, bicicletas, y una vieja moto que tenía Andrés y pudieron reunir casi 5.000 dólares. Ese era todo su capital para emprender su viaje.

El jueves 4 de enero los muchachos se despidieron de sus padres. Andrés llamó a su mamá quien se encontraba sola en su apartamento, para suerte de él, y pudo hablar tranquilo por un buen rato. Además de las bendiciones que ella les enviaba, él escuchaba sus sollozos, sentía que su madre no podía contener el llanto, mucho más al saber que su hijo se marchaba del país. Le dolía también, lo irreconciliable que se había vuelto la relación con su padre y lamentaba mucho no poder despedirse. Para Gina, aquel momento de despedida había sido el peor de todos los que le había tocado vivir en le vida, su sufrimiento había adquirido dimensiones insoportables para cualquier ser humano. Resignada le dio su bendición y le señaló la necesidad de comunicarse con ella, tan pronto llegara a su destino.

Luego de 14 horas en bus, llegaron a San Cristóbal, a casa de la familia materna de Andrés. Sus tíos y primos, muy apenados por no poder ir a la boda, ese día celebraron con una pequeña fiesta, que además era la despedida, pues el sábado salían para Cúcuta, vía San Antonio. Pasaron la noche amenamente, hablando de su experiencia en las protestas y la aventura que habían iniciado al decidir emigrar.

Llegaron a San Antonio muy temprano y se dirigieron al SAIME, donde hicieron una cola inmensa para sellar la salida del país en sus pasaportes, luego les tocó pasar el puente internacional Simón Bolívar que, en ese momento, se encontraba con mucha gente, como siempre; pero había tantas personas, que parecía una concentración como las que habían vivido en Caracas, hacía apena unos meses. Cargando sus enormes maletas y escondiendo su dinero encima, en el cuerpo, pues sabían que los miembros de GN de Venezuela, al revisar las maletas decomisaban los dólares, bajo el pretexto de acusar a los migrantes de traficar con divisas. En verdad ahí perdieron mucho tiempo pues les revisaron todas las maletas. Cruzaron el puente, fue un recorrido quizás de 100 metros, pero que sintieron como si habían recorrido varios kilómetros, con un sol picante y un calor sofocante, al fin pudieron llegar a migración Colombia, donde los esperaba otra inmensa cola, para poder sellar la entrada a Colombia. Andrés recordaba todo lo que le había contado Arturo sobre la migración y podía ver en los rostros de esos venezolanos que, desesperados huyen de su patria, las penurias que pasan esos hermanos nuestros huyendo de su país. A estos jóvenes se les partía el alma al ver familias enteras, con niños pequeños, algunos bebés, aguantando ese solazo, los empujones y ese inmenso calor. Todo un río humano saliendo del país, algo inimaginable que podía pasar en el que fue uno de los países más desarrollados del continente. En ese momento la frontera estaba abierta, y pudieron pasar sin problemas, pero a los pocos días la cerraron y la alternativa era la trocha.

Esa noche fue necesario dormir en Cúcuta, extenuados por el trajín del día, y para colmo tenían que levantarse a las 4 am, pues debían estar en el aeropuerto, 3 horas antes del embarque; además, debían comprar los pasajes en el mostrador, siguiendo el dato que le habían dado, así resultaban más económicos. El viaje de Cúcuta a Bogotá fue relativamente corto, un poco más de una hora. Llegaron a Bogotá en la mañana, pero tuvieron que esperar casi todo el día, hasta la noche, para tomar el vuelo a Buenos Aires. Decidieron permanecer en el aeropuerto, no había razones para salir de allí. Comieron en esos recintos de comida rápida, y esperaron hasta el llamado formal de la aerolínea.

El vuelo de Bogotá a Buenos Aires fue largo, tardó casi 7 horas. Por fortuna Iván los estaba esperando en el Aeropuerto Internacional de Ezeiza que sirve a la ciudad de Buenos Aires. Durante el recorrido desde el aeropuerto hasta la casa de Iván, pudieron conversar sobre los pormenores del viaje y la situación en Venezuela. Iván les dio algunas indicaciones sobre la vida en Buenos Aires y les facilitó un mapa de la ciudad, para su orientación.

Al anochecer, ya muy cansados, no tuvieron tiempo para departir con su amigo, en su primera noche en Buenos Aires. A la mañana siguiente, tan pronto se desayunaron, después de intercambiar alguna otra información con Iván, salieron a recorrer la ciudad y a conocer los sitios y rutas que debían seguir hasta la casa de Iván, quien diligentemente les había indicado las rutas a seguir y el tipo de transporte a tomar, los periódicos a comprar y los sitios más importantes de la ciudad.

Todos los días compraban la prensa para ver los clasificados referentes a trabajos en ofertas. Por fortuna antes de las dos semanas ya estaban trabajando ambos en el mismo restaurant.

Los primeros seis meses fueron extremadamente duros para estos jóvenes, al principio ella se empleó de camarera (mesonera) y el de bachero,[4] esa experiencia ahora ello la relatan como muy fuerte, muy difícil, algo que nunca pensaban que podían hacer, pero ciertamente como aprendizaje surtió su efecto. Hoy se siente más agradecidos con la vida, por haber superado momentos tan difíciles. A los tres meses Esther consiguió un buen trabajo en una empresa internacional, la misma en la cual trabajaba en Venezuela, gracias a que su ex jefe seguía trabajando en la empresa en Venezuela y le dio las referencias a su similar en Argentina. Ahora trabaja en el sector de finanzas. Andrés continuó como bachero por tres meses más. Ambos se dieron cuenta que en ese país funcionan mucho los contactos, las referencias. Así fue como Andrés consiguió un buen empleo, después de seis meses de búsqueda incesante. Una compañía norteamericana del sector eléctrico lo empleó como técnico, después de varias pruebas que pasó exitosamente. Lo ayudó mucho el hecho de hablar inglés con cierta fluidez.

Antes de lo previsto se mudaron a un pequeño apartamento. Ese mismo día llevaron a Iván a cenar, en gratitud por lo bueno que había sido con ellos. Su amistad se consolidó

4 Bachero, en Argentina es la persona que lava platos, vasos, cubiertos, limpia pisos y baños.

aún más y frecuentemente se visitan. Sin lugar a dudas, Iván representa un familiar más para ellos. Transcurrido casi dos años, aún y cuando la pareja tiene un buen sueldo, que les permitiría vivir con cierta comodidad, todavía deben compartir el apartamento alquilado con dos familiares de Andrés. Se trata de dos primos que llegaron de San Cristóbal, quienes afortunadamente consiguieron trabajo desde Venezuela.

Tanto Andrés como Esther ya están en condiciones de ahorrar. Mi sueldo se ha deteriorado tanto, que ella, en acuerdo con Andrés, decidieron enviarnos una mesada, para comprar comida. De no ser por esa ayuda que recibimos de los hijos, no sé cómo pudiéramos vivir aquí. En mi caso, recibo como sueldo una miseria como profesor universitario, pues siendo profesor titular con la máxima categoría en el escalafón y con doctorado, apenas gano el equivalente a 8 dólares mensuales que, en términos internacionales, me coloca, indudablemente, por debajo de la extrema pobreza. Ese dinero no alcanza ni para un día de comida, y eso que solo somos dos, María y mi persona. Además, el trabajo particular que hacía para algunos bufetes, el cual representaba una buena entrada para la familia, ha mermado demasiado, casi inexistente.

Por su parte, Andrés mantenía comunicación con su mama, en verdad le enviaba dinero, sin saber que su destino era para el pago de las quimioterapias que la señora Gina tenía que hacerse, pues la enfermedad había avanzado. Gina había desarrollado un cáncer del cuello uterino, lo cual explicaba sus constantes visitas al ginecólogo cuando Andrés estaba en Caracas.

Andrés se enteró por medio de mi esposa, sobre la enfermedad de su madre. Un dolor inmenso lo embargaba al no poder estar presente y acompañarla en momentos tan trágicos. Habían transcurridos casi 2 años desde que la pareja llegó a Buenos Aires y muchas cosas habían sucedido para bien, lo que, si empeoraba, a niveles de incredulidad, eran las noticias que llegaban de Venezuela. Esta situación de enviar dinero era vivida por casi todos los migrantes venezolanos, en todos los países, y el monto enviado en divisas ya alcanzaba dimensiones importantes en la economía nacional.

El tiempo había transcurrido y se acercaba la navidad del 2019, para esa fecha los jóvenes estaban bien establecidos en Buenos Aires. En Caracas nosotros recordábamos a nuestra niña con mucha tristeza, nos veíamos viejos ya y sin nuestro retoño, frecuentemente nos comunicábamos con ella, gracias al WhatsApp, nos consolaba al verla bien, ya adulta con responsabilidades de trabajo en la empresa y como ama de casa. No esperábamos tener en esa fecha una noticia tan maravillosa y tan buena, Esther estaba en estado, su gravidez alcanzaba el mes cuarto, si, seríamos abuelos, y ella con mucho orgullo nos mostraba su incipiente barriga. La felicidad se sentía en la nuestra casa, ya que, a pesar de las circunstancias y distancia, manteníamos una comunicación frecuente y fluida.

Otra historia era el caso de los Martínez; la señora Gina estaba en estado crítico, su enfermedad había entrado en fase de no retorno, el cáncer había comprometido otros órganos vitales, se trataba de una metástasis cuyo pronóstico era de pocas semanas de vida para esta angustiada mujer. Andrés hijo supo, gracias a mí esposa sobre el estado de gravedad de su madre. Resignado y sin poder viajar, se limitaba a contactarla varias veces a la semana. Este buen hijo, no obstante, de la disputa que tenía con su padre y, consciente del grave deterioro de dicha relación, tomo una decisión de ponerse en contacto con él, dada la precaria situación de la salud de su madre. Llamó varias veces a su casa sin éxito alguno, hasta que el día menos esperado y siendo ya tarde en la noche, su padre tomó el teléfono para responder de la llamada. Aspiraba el joven limar las asperezas que surgieron entre ambos. Jamás pensó que su padre, al escuchar su voz, después de tanto tiempo, sería capaz de colgar el teléfono apenas supo que era Andrés quien llamaba, sin embargo, lo hizo, colgó el aparato. Algo insólito e inesperado. Para Andrés hijo era muy claro el mensaje, la pasión política desbordada y el fanatismo de su padre, habían matado una relación consanguínea que se supone es para toda la vida. Desorientado y con lágrimas en sus ojos, no podía asimilar lo que estaba viviendo. No quiso perturbar a Esther, a quien tenía muy consentida por su embarazo, prefirió callar su sufrimiento y buscar otra forma de estar al tanto de la enfermedad de su mamá.

Este fenómeno de familias tan divididas por la política era nuevo en el país y, algunos consideran que tiene su origen en el discurso excluyente del difunto presidente, quien sostenía repetidamente: *"o estás conmigo o estás contra mí"*. De allí que ese odio surgido en las personas y el resentimiento hacia el otro, viene a consecuencia de ese discurso excluyente.

En Venezuela es común en estos días ver grafitis que reflejan un país dividido y, lamentablemente ha tocado a la célula fundamental de una sociedad, la familia. Para algunas de ellas, el tema político está vetado en casa, es una forma de tratar de vivir en armonía, otras piensan que no se deben callar los problemas tan serios que confrontan y de los cuales no escapa nadie. En general se trata de una situación compleja e inédita, pues si bien es cierto que algunos familiares se pueden sentir heridos, la realidad es inocultable y el tema no se puede obviar en sus conversaciones diarias. Lo cierto es que hay familias totalmente destruidas por la discusión que genera las distintas posiciones políticas entre sus miembros.

María era la alternativa más viable para que Andrés estuviese al tanto de los problemas de su madre, pues, como decía Andrés, su suegra tenía varias amigas en el mismo edificio donde vive la señora Gina, y acordaron mantener fluida la información. Par él, éste era el modo más confiable de estar enterado sobre su madre y la evolución que tendría día a día.

Lo cierto es que en ese diciembre del 2015 el oficialismo aprendió la lección, se vio completamente en minoría ante un país que reclamaba cambios en el sistema de gobierno e inició, a los pocos días de saber el resultado electoral, la implementación de una estrategia, que si bien es calificada como una trastada y aberración legal, en la Venezuela de este comienzo de siglo se concibe como una acción audaz, de viveza criolla, ejercida por quienes se aferraron del poder sin importarles que se trataba de un hecho inicuo. Desgraciadamente, la reacción opositora se mantuvo tolerante y permisiva, distraída en otros menesteres, no se detuvieron a analizar las terribles consecuencias futuras de esas decisiones, solo se dieron señalamientos y enunciados de algunos políticos cuyos impactos, poco o nada tuvieron que ver, ni se correspondían, con la magnitud de la gravedad de lo actuado por la decadente y fenecida AN vigente hasta enero de 2016.

Para Andrés y Esther las noticias que llegaban de Venezuela no eran buenas, cada día era más angustiante la situación de la señora Gina, recluida en su cuarto y solamente con la compañía de una vecina muy noble, solo esperaba que aquel sufrimiento cesara, los dolores eran insoportable y ya la morfina no parecía tener el mismo efecto calmante. La metástasis ya había comprometido los pulmones, hígado y los ganglios linfáticos de esta pobre mujer, quien esperaba, como único consuelo, la llamada diaria de su amado hijo.

Finalmente sucedió lo que ya era previsible, fue la llamada de María a Andrés confirmando la muerte de Gina. Por esas cosas de la vida Gina había hablado con Andrés, pocas horas antes de su partida de este mundo. La noticia, aunque esperada, dejo a Andrés inconsolable y su llanto no calmaba a aquel joven, porque además sabía que no podía viajar a Venezuela para su entierro. Esther, muy avanzada en su gravidez, abrazó a aquel hombre tratando de darle fuerzas para resistir tan lamentable noticia. Ella misma sentía un gran dolor por lo ocurrido. Ambos habían soñado con la recuperación de Gina y tenían planes para que ella pasara un tiempo en Argentina al nacer su nieto.

Hoy en día ya se cuentan por millones los venezolanos que han hecho su hogar en otros países, algunos con muchísimas dificultades aún sin superar, pero la gran mayoría, por su condición de jóvenes se han adaptado a sus respectivos ambientes y hoy son el sustento de muchas familias en Venezuela, gracias a las remesas que mensualmente envían al país. Se trata de una realidad, que, aunque resulta difícil calcular en términos absolutos, es fácil deducir pues resulta evidente que esa es la razón por la cual se mantienen muchas familias, cuyo ingreso mensual en el país, está muy por debajo del nivel de pobreza extrema, al punto que no podrían sobrevivir sin la ayuda externa. De tal manera que lo vivido por Andrés y Esther, lejos de ser un hecho aislado, parece ser un denominador común al constatar que hijos, padres y hermanos, desde el exterior mantienen a sus familias en Venezuela.

María comentaba conmigo sobre esa nueva situación, pues nunca pensó que dependería económicamente de su hija. Todo lo contrario, se había acostumbrado a ser ella quien proveía todo lo que la joven requería, como era lo natural en esa Venezuela que ya no existe. Yo trataba de darle una explicación más didáctica y le decía,

María, se trata de una realidad nunca vivida en Venezuela, que ha impactado nuestro tejido político, económico y social, cuyo origen quizás tenga sus raíces en la década de los noventa, pero definitivamente se afianzó en lo que va de siglo, precisamente con la anuencia de un pueblo que en su búsqueda de un cambio verdadero, flirteó con el populismo y confió en un militar, quien repetidamente decía que se trataba de una revolución pacífica pero armada, y que finalmente devino en la implementación de una política donde el poder militar se impuso al civil en todos los ámbitos, originando el autoritarismo y finalmente convirtiéndose en una dictadura de nuevo cuño, como es catalogada por la mayoría de los países democráticos del mundo.

Ciertamente Venezuela no podía seguir utilizando los mismos métodos e implementando las mismas políticas, ya obsoletas, en las acciones del gobierno, pues el país vivía realidades sociales, económicas y políticas totalmente distintas a las vividas inmediatamente después de 1958. Si bien es cierto que Venezuela había alcanzado cierto grado de desarrollo, en comparación con la mayoría de países de la región, no es menos cierto que surgió la necesidad de hacer más eficaz y actualizar las políticas públicas, dejando a un lado la dependencia exclusiva de la rente petrolera y pasar a una economía más estable y sustentable, afianzar la democracia mediante la participación popular. Varios expertos recomendaban la reducción del número de ministerios y adecuarlos a los grandes sectores fundamentales del desarrollo, profundizar la descentralización del Estado, terminar con el llamado capitalismo de Estado y sustituirlo por una economía más libre, competitiva y productiva. Como parece evidente, se trataba de reformas que el mismo sistema imperante podía acometer sin trastocar las bases fundamentales de la democracia. Sin embargo, muchos de los intelectuales que proponía esas reformas, totalmente factibles dentro del sistema imperante en ese entonces, si bien es cierto que reconocían el valor del presidente Pérez, en su segundo mandato, de iniciar una rectificación necesaria en la conducción del país, manifestaban su admiración por su decisión, pero le criticaban la falta de tino o poca prudencia, y prefirieron optar por justificar la acción militar contra un gobierno constitucional. Se pensaba que era un error pensar que había alguna inclinación dentro de las fuerzas armadas, a favor de un gobierno de naturaleza autoritaria. No llegaron a pensar, ni mucho menos a imaginar que la conspiración dentro de las fuerzas armadas se había iniciado en 1982, es decir, diez años antes de intentar el golpe de estado. Lo inaudito es que existía amplia información sobre las actividades conspirativas dentro de las fuerzas armadas, pero no se le dio la debida importancia. Lo cierto es que muchos de los intelectuales venezolanos, con experiencia política, sucumbieron ante la idea del gendarme necesario y auparon la llegada al poder, nuevamente, del militarismo que históricamente tanto daño ha causado a este territorio llamado Venezuela.

Para los analistas políticos definitivamente el año 2015 fue clave en definir la historia reciente de Venezuela, y existen pocas dudas que pudo muy bien torcer el destino político del país. Por su parte fue evidente que en el 2016 el gobierno, utilizando todo tipo de artilugios, superó la grave crisis política, mas no así el deterioro de la economía y los problemas sociales que tendían a empeorar. Sin embargo, las protestas del 2017, las cuales surgieron espontáneamente, como una aventura juvenil deseosa de cambio, fue lo que algunos autores llamaron *"la primavera venezolana"*, que, de haberse organizado y canalizado propiamente por la dirigencia política opositora, indudablemente sus resultados hubiesen sido totalmente distintos. Lo cierto es que la ola de protestas que se generaron en el 2017, en todo el territorio nacional contra el gobierno, se originaron por la crisis institucional que se vivía en ese año, aunada a otros eventos relacionados a la conflictividad política presente en Venezuela en los meses y años precedentes; principalmente posteriores a las elecciones parlamentarias de 2015.

Luego de las protestas de 2017 los mismos jóvenes se preguntaban si había valido la pena que 157 personas

perdieran la vida en este proceso donde el resultado final
fue una asamblea constituyente y un llamado a dialogar.

El país y particularmente los jóvenes pudieron constatar que el cambio de gobierno propuesto por la oposición quedó reducida a otra promesa.